沧桑变幻里，你依然是你。

CANG SANG BIAN HUA LI NI YIRAN SHI NI

夏橙 主编
XIACHENG WORKS

文匯出版社

图书在版编目（CIP）数据

沧桑变幻里，你依然是你/夏橙主编. -- 上海：文汇出版社，2015.9
 ISBN 978-7-5496-1568-1

Ⅰ.①沧… Ⅱ.①夏… Ⅲ.①散文集－中国－当代②随笔－作品集－中国－当代 Ⅳ.①I267

中国版本图书馆CIP数据核字(2015)第186167号

沧桑变幻里，你依然是你

出 版 人／桂国强
作　　者／夏　橙
责任编辑／戴　铮
封面装帧／粉粉猫
出版发行／文汇出版社
　　　　　上海市威海路755号
　　　　　（邮政编码200041）
经　　销／全国新华书店
印刷装订／三河市金泰源印务有限公司
版　　次／2015年9月第1版
印　　次／2015年9月第1次印刷
开　　本／32
字　　数／169千字
印　　张／8

ISBN 978-7-5496-1568-1
定　价：35.00元

目录

001 / 生活的样子

011 / 不会吵架的爱情

023 / 你又会为谁停下

033 / 无从告别的告别

046 / 可惜不是我

055 / 方糖姑娘

066 / 她惊艳了时光 她温柔了岁月

072 / 此生不能与你共

085 / 成长的道路上,不要让"朋友"牵绊了脚步

092 / 我不是谁的备胎

104 / 我要你有什么用

109 / 找到一个人,还是找到一座城

113 / 迷茫就是才华配不上梦想

118 / 你辣么努力又怎样

178 　166 　162 　147 　140 　130 　123

／我比谁都相信努力奋斗的意义
／女孩子，要过几年一个人的生活
／当你不再惧怕孤独，才会开始收获幸福
／归去来
／贫穷不可怕，贫穷的思维最可怕
／先幸福，后出息
／除了你，其他人都挺努力的

185 / 最怕是你既不够爱他,又不够爱自己

192 / 姑娘,你活得太骄傲了

198 / 谢天谢地,我是阿姨

204 / 最女人的女人

214 / 被提前的和被拖延的

220 / 吝啬小姐

228 / 在我关机的一周里

243 / 爱情这把刀

生活的样子

里则林

人到了一定的年纪，才会突然开始对生活有了与以往截然不同的看法，而那么个瞬间，便是成长。

1

在我初中刚刚回到父母所在的城市时，住进了一个陌生的小区。按照规定，出入都要带一张门卡，在门口的感应器上刷一下，栏杆才会升起。

那时的我总是觉得麻烦，喜欢直接从下面钻过去。而门口有一个常年站岗的保安，那是我曾经最痛恨的人之一。每次都会过来拦着我，让我出示业主卡，我摇摇头，然后又要求，我报出门牌号。我才用不耐烦的语气说出门牌号，并且每次报完，都要还以一个鄙夷的眼神。

那时我和所有生活优越娇生惯养的无知少年一样，并不知道尊重是什么。如此反复多次之后，终于我忍不住了。

在保安大叔再一次把我拦下时，我深知他一定认得我，觉得他完全就是没事找事，忍不住地破口大骂起来。保安大叔只是憋红着脸，并不敢和住户吵架，礼貌地对我说，这个的确是规定，没业主卡的必须询问，否则拿什么保证你们住户的安全。

听完他这一番道理，我更是想笑，心里只觉得他就是个有点小权力就要用尽的小人。我依旧鄙夷地看了他一眼，然后径直走了进去。那时的我，心里不但没有内疚感，反而是暗爽。

在某天下午，我在家里阳台傻站着，突然听到楼下大门方向有谩骂声，望过去，发现一个中年男人正指着那个保安大骂着。原因和我一样。

我看到保安大叔无助地叹着气向四周张望，眼里满是委屈和无奈。那天我才明白了，自己是怎么样伤害了一个尽忠职守的人。

那时我的骄横，完全只是来自当时的并不懂得，人和人之间不会因为社会分工的不同而产生高低贵贱。远远望着保安大叔，在这样一个炎热的夏日里，穿着规定的制服，汗流浃背，心里有一种说不出的内疚。

那天下午我带上门卡，在门口的超市买了两罐可乐，然后刷卡进了小区。我笑着拿手上的卡对着保安晃了晃，保安有点不明白尴尬地笑着说，对了嘛，你们出入带卡，大家都方便。我把可乐给保安，我说上次不好意思啊。

保安坚决不肯收，我说你那么小气吗。

保安挠着头笑笑，有点受宠若惊，然后接过了可乐放在一边。

后来那个保安每次见到我都对我微笑。

那年寒假，大家都在忙着过春节，我站在阳台，发现保安大叔依然在站岗。那天下着雨，天很冷。他一个人站在小小的亭子边，时而抬头看天，时而往远处呆望。

我皱起了眉头，那天的保安大叔，定格在了我那时年少的记忆里，我想他一定也有自己的亲人，有父母和孩子，为了他所爱的家人们不用在寒风中、烈日下像他一样站着而努力地站着。

是否他的苦楚和委屈，都会融化在这样一个信念里，融化在一个来自远方的电话，告诉他的孩子，爸爸很好。

2

初中毕业以后，我便离开了父母。在另外一个城市上着高中。

在那里我遇到一个小男孩，他每天下午六点会准时到他爸爸的小推车那里。他爸爸是卖山东煎饼的。

我经常经过那个地方会看到小男孩，他茫然地看着人来人往的街道，茫然地看着人来人往。他眼里总映射出一般孩子所没有的孤独。

他偶尔自己在旁边玩树下的小草，偶尔趴在一张塑料凳上写作业。到晚上9点多10点的时候，他困了就枕着小书包睡在爸爸手推车旁的一块硬纸板上。

我时常经过他身边的时候总是看着他，他也看着我，然后我对他眨一下眼睛，他却马上看向别处，仿佛害羞一样。

有一天晚上经过一位中年男子，小男孩的爸爸不小心把面糊溅到了那位中年男子的衣服上。中年男子大发雷霆，指着小男孩的爸爸开始骂。

按照我国的传统和习俗，瞬间就吸引了大规模的围观群众。

中年男子的说法是,这里本来就不准摆摊,摆了摊还要那么不小心,还要溅到别人。

小男孩的爸爸很窘迫,一个劲地道歉,脸上尽是无奈和委屈。

我透过人堆看到了小男孩,小男孩眼里满是惊恐和无助,紧紧地抓着爸爸的衣角。后来中年男子终于骂舒服了,走了。

小男孩的爸爸一个人默默地坐在凳子上。也许是在儿子面前丢脸了,也许是心酸和委屈。小男孩站起来,在后面轻轻地不断拍着爸爸的背。

小男孩的爸爸摸着小男孩的头,在远处我看到爸爸嘴里说着什么,也许在安慰小男孩,告诉小男孩他没事。

那时候我正好走到了后面,我扭头过来,看到小男孩爸爸落寞的背影,看到小男孩爬到了爸爸的腿上,然后抱着爸爸的脖子,脸对着我。小男孩就那样安静地看着爸爸,手轻轻拍着爸爸的背。眼睛里一扫往日的孤独,有的只是心疼。那一刻我觉得心酸又温暖。只是突然,小男孩的眼睛竟然一滴一滴地流出眼泪来。小男孩咬着嘴,也许在努力忍着,不让爸爸发现,手不断交替着擦自己的眼睛。

或许那时我才渐渐明白,也许生活有时有一种残忍的温情,在那些相依为命努力生活的人身上。

3

长到二十几岁的年纪,回到家里的厂实习。

在某次饭局上,我和小胡坐在一起。小胡是厂里的业务员,来这里两年了,平时不谈业务的时候沉默寡言,曾经我无聊陪他一起出去跑业务,他两手托着样品,一家商店接一家商店地屡受白眼,而他只是汗流浃背,保持有礼貌地笑着。

我看到他在饭桌上时,被人戏弄,被人灌酒,而他做得最多的事情就是往锅里添菜、倒酒、倒茶、递纸巾、叫服务员、开酒瓶,还有强颜欢笑。饭桌上其他人叫我小伙子,叫他"喂"。

饭后,我负责送喝多的小胡回家。

我开着车,他坐在副驾驶座,酒气熏天,车里静悄悄,只剩下呼吸声,我顺手开了音响,飘出一个低沉的声音,我一看屏幕上的播放列表,张国荣的《取暖》。

我听着听着就觉得受不了,因为太沉闷了,想随手按掉,他却急忙用手制止了我,他用征求的语气跟我说,让我听一下吧。

我点点头。

然后他断断续续地说起这首歌,他上学的时候也觉得不好听,不过出来工作以后就觉得挺好的,只是很久没听了。

我们就这样安静地听着这首歌,路灯投射过来的光一道一道地刷过我们的脸,路旁没有一个人,路上也没有一辆车,天上挂着冰凉的月亮。

只是却突然耳边传来嘶哑的声音:

> 你不要隐藏孤单的心
> 尽管世界比我们想象中残忍
> 我不会遮盖寂寞的眼
> 只因为想看看你的天真
> 我们拥抱着就能取暖
> 我们依偎着就能生存
> 即使在冰天雪地的人间

歌声很难听,我转过脸看着他,他红脖子红脸大声跟着音响大声唱着,我却看见他眼眶湿润。

他沙哑地说,开下窗。

我刚刚一打开窗,风便凶猛地呼啸而入,但最让我措手不及的不是风声,而是他的哭声。

他哭得撕心裂肺,彻头彻尾。我的右脚掌不断敏捷地踩着刹车放慢车速,而他只是对着我摆手,然后脸埋在另一只手上,泪水从他手心里漫出来。

我不会安慰人,也不知道该怎么安慰他,所以我加快车速,让风来得更猛烈些,风声越来越大,像无数旗子在耳边飘扬,却不能盖住他隐隐约约的哭声。

不知过了多久,他渐渐只剩下抽泣了,最后慢慢地安静了下来。到他家楼下的时候,他红着眼睛,在旁边的水龙头用力地搓着脸,用手抚着眼睛,他眨了眨眼睛,有气无力地问我,还看得出来吗。我说有点。我知道他老婆还在等着他。

他又冲了冲眼睛。我问,很不容易吧。不知道为什么,问完这话,我感觉眼睛有一种泛红的冲动。

他只是以为我问的是眼睛,他说没事,喝过酒也差不多这样。接着对我说了一些不好意思和道谢还有回去路上小心之类的话。

最后他站在晚风里，用力挺直了腰杆，扯了扯衣服，用纸巾把脸上的水擦干，咳了两下，吞了一口口水，然后深吸一口气，挺起胸口来，对我笑了笑，提着包上了楼梯。

我抬头看着面前这栋老旧的楼房，楼道甚至没有一盏灯，听着他疲惫沉重的步伐声，整栋楼黑压压地立在我面前，沉默而冰冷。我想他马上就要回到那个简陋却温暖的地方，他的脆弱不会让自己的老婆看到，他仍是一个身高一米八的大男子汉，在他年幼的孩子面前，他依然顶天立地。

我看着他起早贪黑，看着他回如此简陋的家，看着他面对客户的时候手有意无意地遮住衬衫上没有纽扣的袖子，他总是有礼貌地笑。只是生活对于他是怎样的寒冷，以致他喝醉以后，听了一首沉闷的《取暖》以后，能哭得像一个孩子。

4

我曾经以为活着就是每天看太阳东升西斜，月亮阴晴圆缺。

只是岁月总会领着我们一路前行，在沿途里，捡到自己所碰见的答案。

当年少时的轻浮和空洞被成长所填充，才明白一些挂在嘴边诸如

"责任""坚持"这样的褒义词为什么是褒义词。

　　人到了一定的年纪,才会突然开始对生活有了与以往截然不同的看法,而那么个瞬间,便是成长。最终在那些你以之为镜的人身上明白,生活也许时常残忍,但残忍里的温情和感动,坚持和付出,依然努力地去生活,才是真正的难能可贵。

不会吵架的爱情

刘墨闻

在与对方共同生活的当中，我们把自己的感情与疼爱，用最朴素的生活能力沉着冷静地表达出来。这也许就是大家追求的平淡吧。

"秋生啊，干啥呢？"

梅姐知道秋生哥听不见，可还是习惯性在二楼朝着楼下喊。

秋生哥是先天性失聪，所以任何声音在他耳边都只是嗡嗡的回响，无法辨别。

他俩是我家老房子楼里的邻居，从小我们就在一起玩。秋生家在一楼的门市经营一个修车行，我家三楼，梅姐家二楼。秋生哥的爸爸是先天性失聪，妈妈是正常人，生了两个孩子，一个是秋生哥，一个是正常的妹妹。

以前在家的时候，没事也能听见梅姐这么喊。秋生哥虽然听不见，但是车行里的伙计们能听见,几个人推着秋生哥出来,带着满脸连环画一样的油腻子,秋生仰着头看梅姐,傻傻地笑。因为常年听不到声音,这也导致了他的语言能力逐渐丧失,所以秋生哥只能用手语和外界交流,那时经常看见他站在楼下朝着二楼的梅姐比划着聊天。

梅姐妈妈是个小学老师,父亲是长途货车司机,有时候车有问题都是找秋生爸帮着修理,都是邻居,自小梅姐就和秋生一起玩,多年下来两家关系好得跟一家人似的。

秋生从小一直上特殊学校,后来干脆不念了,在家里帮忙打杂,学学修车的手艺。梅姐不喜欢读书,可偏偏梅妈又是老师,这老师自己的孩子学习不行,当妈的脸上哪有光啊,两天一骂,三天一打都是常事。我在楼上总能听见梅妈训斥梅姐的声音,那时我常伴着梅姐的哭声,用感恩的目光看我妈。

在一个世俗到不能再世俗的市井小区里,不念书的孩子和不念好书的孩子,更容易成为话题,成为亲戚邻居们的众矢之的。

上了初中以后,梅妈变得更加严厉,除了上学,平时很少让梅姐出门。偶尔遇见她也总是一副没精打采的样子。

突然有一天傍晚,我听见楼下人声鼎沸,尖叫连连。我趴窗一看吓了一跳。梅姐坐在了阳台上，把双脚放在外面，像是要跳楼。梅爸梅妈的声音从屋里传出来，像是想过去还不敢过去，一边劝阻一边保证不再逼她读书了。梅姐似乎全都没听见，也不打算改变主意，用力地撕着手里的一本书。

这时候秋生从车行里冲了出来，挤在人群里用力地挥手，让梅姐回去，梅姐看见秋生一愣，也没打算回去，秋生憋红了一张脸，着急地又跳又喊，"啊啊啊"的一声声，像是病痛一样的呻吟，撕心裂肺，撩人心扉。

二楼其实不算高，但是摔下来最轻也是骨折，姿势不对的话，搞不好还会半残。

梅姐似乎并不担心这些，还是直直地看着秋生，手上的书掉了下来。"啪"，纷飞的纸片像是散开的一朵红花，炸得人全身一哆嗦。

这时秋生一下愣住了，过分焦急的他硬是被那本书吓哭了，一边哭喊一边张开双臂，迎着梅姐的落点像是要准备接住她。

梅姐看见秋生哥哭了，前后摇了摇，频频地点头，不知道想要表达什么。趁着这个间隙梅爸一下冲了上来，抱住了梅姐，把她从阳台上硬拽了下来，梅姐躺在爸爸怀里扬起脸的一刹那，我看见她和秋生哭得一样伤心。像是不被世界理解的两个人，隔着空气取得了彼此的理解和信任。

从那以后，闲着无聊的时候，梅姐就喜欢在楼上朝着楼下喊："秋生啊，干啥呢。"

尽管她知道，秋生什么也听不见。

梅爸梅妈也不再逼梅姐读书上学，那段自我治愈的时间里，她只和秋生在一起，两个人去公园散散步，骑自行车，形影不离。我们总能在放学的时候遇见他们俩，你追我赶，还是年少时节该有的样子。

再后来梅姐去念了护士学校。秋生继续在家里帮忙生意。那时候还没有微博朋友圈这些东西，我经常会在梅姐的QQ空间里看见秋生哥的照片，有工作时候的样子，有吃饭时候的样子，谁都不知道他们俩什么时候确定的关系，是不是秋生一直就喜欢梅姐，是不是那隔空一抱让梅姐动了情，但是无论怎样，在一场彼此搭救的故事里，爱情的出现，似乎是顺理成章的事。

那一年冬天梅姐毕业，还没有合适的工作，于是在家待业。有时候我会撞见梅姐下楼，手里拎着个香气四溢的饭盒和保温瓶，跟跟跄跄地下楼去找秋生哥。东北的冬天零下二三十度，梅姐先用白醋帮他洗手，去掉干活时遗留下来的老茧和冻疮的死皮，然后两个人坐在车行的小开间里，吃午饭，看一会儿电视剧。就这样，两个人平平淡淡地相互依偎着，长跑了很多年。

大学时有一次过年，我去找秋生哥吃烤串，那时候梅姐刚调到一个卫生站当护士，医院离家远，我和秋生哥一起去接梅姐下班。刚进卫生站就看见梅姐在前台值班，一只手按着电脑，一只手拿着手机打电话，和朋友眉飞色舞地聊着什么。

看见我和秋生哥过来，她挑了挑眉毛和我打招呼，我挥了挥手，她似乎根本没看见秋生哥，和我打完招呼继续自顾自地打电话。而秋生哥就这么走过去，熟练地把她桌面上的东西整理好，把她常用的东西收进手包。再帮她把白袍换下、披上羽绒服、拉上拉锁、围好围巾，牵着她从工作间里走出来。

这期间，梅姐一直在打电话，我看见秋生哥的轻车熟路和她的"逆来顺受"，突然特别感动。

我忽然明白，他们早就把自己活进了对方的习惯里，真正地成为了彼此的一部分。

虽然在一起这么长时间了，你没有给过我玫瑰花和浪漫的烛光晚餐。可是我们活得像一个人一样,记得对方的生活细节,了解彼此的怪癖习惯,给对方的爱既不可或缺,又习以为常,表达的方式虽然简单,但爱的分量却丝毫不减,足斤足两。

在与对方共同生活的当中,我们把自己的感情与疼爱,用最朴素的生活能力沉着冷静地表达出来。这也许就是大家追求的平淡吧。

当爱情过了保鲜没了激情,那促使我们继续依偎前行的,恐怕就是这份默契了。

吃烤串的时候,趁着梅姐去厕所的间隙,我问秋生哥打算啥时候娶梅姐。

秋生哥吧嗒吧嗒嘴,比划着想转移话题,我不依,硬着问。

秋生哥比划说他怕,我问怕什么?他说怕以后结婚了,孩子也像他一样。

我没追着聊,两人安静了一会儿,我顺手拿手机查了一下遗传的问题,翻了好几页答案才知道原来导致患病的原因有很多,有可能是因为秋生妈也有家族病史,携带了致病基因,隐性遗传到了秋生身上体现了出来,而妹妹是显性,所以没有事。还有可能是怀孕期间的母体受到了病毒感染或耳毒性药物的影响,导致秋生的听觉系统受损等等。所以只要女方不是病患并且没有携带致病基因,女方家里也没有这种病史,怀孕期间再稍加注意,胎儿就可以保证基本没事。

我把这个信息捋顺了告诉他,只要梅姐没事,她家里人也没有病史,就可以放心结婚,不是外因导致,孩子几乎可以确定是正常的。

他听着似懂非懂有点迷糊,比划着问我,网上的那些话能信么?

我说要不你跟我去趟医院嘛,大夫的话你信不信?

秋生哥还是满脸疑虑,摆了摆手,继续吃串。心里不知道盘算着什么。

梅姐回来,我不好多说什么。

秋生哥给梅姐加了一点调料,我们当什么都没有说过继续吃着。

第二天秋生哥和梅姐去了一趟医院,随后给我发了一条短信:谢谢。

我回了两个字:加油。

一个月后两个人领证,半年后,秋生哥和梅姐大婚。

办喜酒那一天，秋生哥的嘴咧到了耳朵根，那天他喝酒特别痛快，只要有人敬他就喝，有时候没人敬，自己一边傻笑一边喝。

客人都走得差不多了，他一屁股坐在我身边，喘着粗气。

我大声问他，高兴不？

他鸡啄米一样地点头。

我逗他说："你们俩结婚证都领那么久了，才反应过来高兴啊？"

秋生掏出手机，开始在手机上按字，他一边按我一边看。

他说："有一样东西啊，你从来都不觉得它是你的，即使它每天都在你身边，你都觉得这东西是借的，是迟早要还的，自己也提醒自己，配不上这么好的东西。可有天，别人告诉你，它是你的了，也不知道要咋个高兴才好。"

我鼻子一酸，他继续按。

"以前她对我好的时候，我也不敢想娶她，就寻思以后她会嫁个啥样的人，要是对她不好该咋办。我还总觉着，别人也许不太看好我俩。"

今天这么多人祝福我俩,我才真的觉着,她是我媳妇了,长这么大,今天才真正感觉到,自己是真切地活着。"

两个喝得面红耳赤的男人,紧握着一个手机,指着对方的发红的眼睛,互相拥抱,彼此嘲笑。

有一样东西啊,你握在手里也不觉得它真实,你认为总有一天她会离你而去。因为你并不相信你自己能有给她幸福的能力。老天爷和你开过一个玩笑,好在它派了这么一个人,给你这么一场梦。秋生以为梦终究会醒,但好在这场梦,我们可以一直睡到头。

去年过年放假,去探望秋生哥和已经怀孕的梅姐。我刚到他家楼下的时候正好撞见秋生哥买菜回来,比划着说是要给梅姐熬粥喝。

梅姐妊娠反应特别严重,闻见吃的就吐,什么也咽不下,熬点粥勉强能喝一点,但是这粥再好喝也有喝腻的时候,秋生哥急得没招儿,全家人一起想辙,南北稀饭,中西名粥。翻过来调过去不重样地做。

孕期综合征的女人不好惹,刚见面梅姐就拽着我话东家长聊西家短,把两人婚后生活里的嬉笑怒骂从头到尾唠叨了一遍。

其实有些事我也好奇,先天条件不允许,他们两口子没办法吵架,但是过日子哪有锅边不碰碗沿的时候。我逗梅姐:"你们平时闹别扭不?"

梅姐打开话匣子一样娓娓倾诉。秋生哥看得懂唇语,梅姐也能看得懂手语,这么多年过来了,两人交流起来根本没有障碍,可是一旦闹了别扭要吵架,他们就各自使用"母语",自顾自地表达。

秋生哥太老实,平时少和别人聊天,怎么可能"吵"得过梅姐,有时候两人杠上自己没词了,秋生哥就乱比划一通,梅姐看不懂,就问比划的是什么意思,秋生哥就是不告诉她,看梅姐急得团团转,心中暗爽。后来两人和好了才知道,秋生哥那一套莫名其妙的"张牙舞爪",其实就是胡说八道。

梅姐自然也就学会了,有时候故意找茬说些乱七八糟的话,搞得秋生哥满头雾水,更多时候都是梅姐笑场,吵着吵着自己憋不住笑,笑得花枝乱颤最后瘫倒在秋生哥怀里,而后的许多次"吵架",都以怒目而视开始,以打情骂俏结束。

梅姐说:"连吵个架都这么喜感,这日子可怎么过啊。"

在家没事的时候,梅姐还是会像很多年前一样喊:"秋生啊,干啥呢。"

我好奇问梅姐,这么多年了,明知道秋生哥听不见,为什么还是喜欢这样叫。

梅姐摸摸肚子，笑开了一朵花，说："过日子吧就是问题叠着问题，一个坑接着一个坑。人刚从自己的坑里爬出来，就得进孩子这个坑，孩子这个坑也爬得不多了，父母又到岁数了。但好在坑再深，你知道坑底下都有这么一个人，他张开双手在坑底下等着接你，所以坑再深你也不怕，我喊一声他，就是喊我这一生的踏实啊。"

我从他们家走的时候梅姐还是吐，秋生哥一边用袋子接着一边给梅姐擦嘴，顶着大大的黑眼圈，一点也不敢怠慢。

回家的那一路，我都觉得很幸福。

你看，生活很难，每一件值得期待的事情过后，都要回归到现实里的柴米油盐。岁月面前，人人从命。但我知道你会在一次次的翻山越岭的马失前蹄中，将我接住。前路虽远，还好有你总是张开双臂护着我，给我穿衣，陪我取暖。

后来听梅姐报喜，她生了个大胖小子，眼睛大得像灯泡，头发多得像野草。从此梅姐的朋友圈里全是秋小生的吃喝拉撒。

今年我家又搬了，过年放假我们全家一直待在姑姑那里，也没见到秋生哥和梅姐。

前几天下班的时候,我坐在回家的地铁里百无聊赖地听音乐,秋生哥突然打电话过来,我诧异得很,平时有事都是发短信,以为是他按错了,可还是按了接听。自己按住另外一边耳朵,尽量屏蔽掉旁边熙熙攘攘的嘈杂,努力辨别着手机那一端的声音。开始一直没有人吭声,隐隐约约听见了梅姐在说话,却听不清说什么。

就在我以为是秋生哥拨错了要挂断的时候,一个娇滴滴般奶声奶气的声音叫道:"麻麻,麻麻……"

一瞬间像是被什么东西击中了一样,在充满疲惫与麻木的荒芜列车里,我无法抑制地哭出声来。

你又会为谁停下

陈亚豪

会想起，会思念，但片刻之后，便会回到自己的生活，继续马不停蹄地奔向自己的未来。也不知是摒弃了矫情，还是学会了冷漠。

好友打来电话，告诉我她一个多月前失恋了，我问她现在呢，她说那个男孩已经出国开始了新的生活，联系不到了。

朋友抱怨，为什么大家越来越忙，见一面都难，可等到相见后却发现去年还无话不说的人，如今却已无话可说。

记得每到过年，都会翻出手机里的通讯录，选定人名群发祝福短信，那是每年唯一一次从头到尾看一遍通讯录里的所有人名。每次看都会想起很多过去，很多人留下过太多苦乐回忆，而如今只剩下逢年过节时的一条祝福短信。

中学毕业时，大家喝得迷醉，抱在一起笑青春、忆往事、哭遗憾，可再相见时，只剩下客套的寒暄。大学毕业每个人默默地走出校园，留影合照，说着窝心的告别话，告诉彼此一定会再相聚，结果那些曾经在你时光里留下烙印的人却从此杳无音讯。偶然翻到在抽屉里躺了数年的同学录，上面布满了歪歪扭扭的留言，大家稚嫩的话语，天真的祝福，让你看得或微笑或叹息，你看到一个曾经熟悉的名字，默默回忆，却只能自问一句：他现在还好吗？

遇见的人，不一定都会在遇见之后慢慢消失不见。可的确，不是所有的人都会留下。

"我们终其一生寻找的，不过是那个甘愿为你停下脚步陪伴的人。"这是以前看的一句话。

逐渐懂得生命的时光越走越短，能真正进入你心中的人越来越少，曾经根深蒂固的情感，也会慢慢剥离根系，从你的生活轨迹中消逝。有一天，你会开始习惯告别，习惯真的再也不见。

派说："我猜，人生到头来就是不断地放下，但遗憾的是，我们却总来不及好好道别。"又有谁没有经历过这样来不及告别的告别呢。

有时还是会突然想起很多人，曾经患难与共的兄弟，曾经敞开心扉的知己，曾经情窦初开对爱情懵懂之时遇见的那些人，还有无数个生命里出现过的身影。只可惜回忆过后回到现实，很多人却再也没有见过，那时以为分离只是人生的一个暂停键，却不知真的就此别过。无论彼此留下过再深刻的记忆，如今也已踏上了再无交集的生活。

我是一个念旧情到偏执的人。过去想起这些人，心中定会有万分的遗憾和千分的不舍，不甘接受这已成现实的形同陌路。总是固执的想找到答案，时光究竟是如何把曾经形影不离的两个人变得陌生的一无是处。为何生命中铭刻过的痕迹会这般浅薄，不过春夏秋冬的时间就会消失殆尽。

可是如今，心中却再也没有那份遗憾与不舍。会想起，会思念，但片刻之后，便会回到自己的生活，继续马不停蹄地奔向自己的未来。也不知是摒弃了矫情，还是学会了冷漠。

村上先生说："从今天起，你要去做一个不动声色的人。不准情绪化、不准偷偷想念、不准回头看，去过自己另外的生活。你要明白，不是所有的鱼都会生活在同一片海里。"

每个人的青春里都曾有过一段纯白的时光，天真地以为友谊、爱情，只要坚持只要彼此相信便会天长地久，无论相隔多远，无论过去多久。可是后来，忽然明白生命很多人只是过客而已，有那么一段时光，每个人都开始感慨生命里来来去去的人，"千万不要去翻你和一个人的聊天记录，一个人从陌生走近你，然后再到陌生"，"你会发现曾经存在而后被理所当然地忘记比从来没有存在过更加悲哀"，"来自陌生的，是昨日最亲的某某"。

中学时的我们被固定地活在一个静远的角落、写自己的作业、考自己的试、做自己的梦，我们唯能维护好自己的小天地，外面的世界再精彩也与己无关。也正因如此，那时我们彼此之间的情感清晰又坦白。

回想起曾经自己为过客的叹息多少觉得有些矫情，可现在想想，青春里，就该有这样一段矫情的时光。有悲伤，爱回忆，念过去。在那样一个懵懂单纯的年纪，伤情是装点生命的勋章，也正因为我们主观承受力无限夸大的非难，才得以拥有过热泪盈眶的青春。

一定要放肆地矫情过，长大后才明白人的情感其实都是有期限的，爱、憎、恨，这世间所有的感情都有期限，过了这个期限，一切都化作似水流年。伤情是因为遗憾，因为不舍，因为对感情长久的天真与痴想，而过了这个期限，人自然不会再这般矫情。过了那个年龄，人也不会再天真，不会再单纯，不会再那般固执的相信。

成长总会教人学会放下与忘记，而曾经那份伤情和遗憾的情愫便是对过往青春最好的祭奠。

青葱岁月，总有一天会无声无息地深埋心海，那些青春里可爱的人也只得挥手别过。而有一天，当我们不再留恋和相信时，也便不会再回头和驻足，每个人都开始自顾自地奔向未来。

你站在二十岁出头，奔向三匝的年龄，从迈入大学的温床，在这看似是青春最后的一站里见识了太多钩心斗角，让人措手不及的无可奈何。大学这个真实的小社会、有算计、有黑刀、有冷漠，有表面的温存实则叵测的内心，有善意的靠近最终残忍的伤害。初来乍到的你还像年少时那般固执地相信真心可以换来真心，可最后却换来的是一次次伤害和失望。你深爱的人突然牵起了别人的手，你相信的人站到了敌人的身旁，而那些你曾付出精力与时间培养的友谊，在白日和黑夜的交替中，也不知为何地慢慢杳无音信。

当你即将踏出校园，第一次直面现实的社会，才开始真的明白金钱、物质、权力的重要。直面社会里残酷的明争暗斗，人善被人欺，实在真诚大多会被充作炮灰。那些从一出生就比你先跑出百米，拥有你这一生拼搏也许都无法抵达的物质条件的人，在社会中会对你肆意地掠夺与压迫，可你却动弹不得。你才开始明白要在社会里打拼的人，尤其是没有背景身无一物的人最好学会表面热忱内心冰冷，最好拥有厚如城墙的脸皮和黑如煤炭的内心。你虽不想这样，可你不得不承认，想在浑水中保全自身或是迈入上层，只得如此。

你发现，身边的人再也找不到曾经那般真挚的朋友，每段友谊都掺杂了利益的成分，每段感情都混入了现实的味道，每个人的内心被物质和权力熏陶，无法躲避的沾染上了铜臭味。再没有人单纯为了你而驻足，即便停下，也只是片刻。他们并非不愿，只是长大后的我们身上背负了太多生活的责任，有着太多的无可奈何，所有人都在提醒我们一定要快点跑，再快点，为了有能力保护自己，为了那所谓的成功与好生活。

每个人都在快马加鞭地奔向更好的生活，没有人再像年少时为你停留，没有人再会静下心来倾听你的诉说，没有人再愿放下手中的事与你尽情地分享快乐。

人生对情感的表达都是从复杂过渡到简单，最后到不愿表达。靠记忆与时间支撑起的过去总有一天会抵挡不住未来前程现实的汹涌。最后不如索性独自走一程，不闻不问。我们逐渐学会封锁起自己，尽力躲开身外一切的无关瓜葛，曾经五彩丰满的生活只剩下自己和未来的前途，这样的躲避或专注实在是一种可怜的自我包裹。

可这又何尝不是成熟之后最无害的一种自我保护和坚强呢。

宇上个月喜欢上一个不错的女生，找人打听到了她的电话，和她聊了几次鼓起勇气表白"做我的女朋友吧"，女孩巧妙地回避了他，之后宇便不再回复，又开始忙碌起来，继续寻找下一个猎物。我问他"你觉得这样好还是不好"，他说"我不知道，只知道再晚些就找不到对象了"，我问"以前的那份痴情和执着怎么没了"，宇苦笑"因为长大了"。

不知从何时起，我们失去了等待和耐心爱一个人的能力。

可是我们都明白，又有谁会再愿意停下脚步来安静地看看你的伤疤，听听你的苦衷，慢慢地了解一个人呢。

阳去年离开了自己生意上多年的合作伙伴，他们是一起长大的发小，很多人问他有什么事不能沟通非要选择分道扬镳呢。他说："成长的道路上，总会有人快，有人慢，今天我不离开他，日后他也会离开我。"

我对还在感慨为何昔日的朋友都已成为过客的好友说："总有一天你会对他们麻木，并且也开始习惯做他人生命里的过眼烟云。"

你抱怨旁人的虚假与冷漠，迷茫为何再也找不到真挚之人，不知自己的一片真心能托付与谁。你看着身边来来往往的身影，在你生命中肆意而为地穿梭，给你欢笑和伤痛，让你欣喜或难过，可最后都转身离去各奔前程。你只是想要有个人能为你停下，听听彼此的故事，分享彼此的苦乐。

可其实，你又怎会再像年少时那般皆以真心对人，执着于一份单纯的喜欢和相信，宁愿委屈自己也要帮助他人。不该你管的事漠然相对，不属于你的人不再偏执，你预见到了再不奋起努力的悲惨结局，你告诉自己必须努力地向前奔跑，你害怕被他人甩在身后，你终于明白你有你的未来，有自己的路要走。

你开始学会贮藏自己的情感，少一点期盼、少一点失望、少一点偏执、少一点伤害。成长剥夺了曾经那些所有矫情与稚嫩的情感，经历冷却了你身上的温度。你终于学会聪明，不会再对一个人倾之所有，不会再轻易对一个人敞开心扉，不会再为一个人倾注过多的时间与精力。

你长大了，已不是那个可以任意挥霍时间和情感的少年。弱肉强食，优胜劣汰的现实社会，那么多比你优秀的人仿佛有着永动力般不停地努力奔跑。你也要不回头地向前跑，没有时间驻足，没有时间恻隐。你必须把更多的人甩在身后，你虽无可奈何，可你必须如此。

你悲伤为何再也找不到为你停下的人，可你又还会再为谁心甘情愿地停下。

终于懂得，人的成长，注定是一场孤独的旅途。我们都要学会一个人度过在生命里的每个寒冬，不奢求别人、不依赖别人、自己来温暖自己，自己来治愈自己、自己来给自己力量和勇气。我们都一样，要学会承受人生必然的孤独与无助,挺过去,才能看见美好和繁华。

曾经的我也希望未来的梦想有一群人和我共同实现。前方的路,有人和我携手并进,快乐与痛楚总有人能与我分担。可现在的我不会再奢求,我只会告诉自己,即便一个人,也要像一个队伍一样去战斗。

长大后的你,已不再需要很多人停下脚步来陪伴你,终要学会自己来陪伴自己。

成长的速度,总要有人快,有人慢,我们无法找到和自己完全同频率的人,也便很难遇到一个能陪你走一生的人。年少时的我们会为了爱的人放弃梦寐已久的大学,只为能继续相守在身边。热血单纯的我们会为了朋友逃学犯错,同甘共苦,只是为了能留住这份来之不易的友谊。可是长大后的我们总会明白,每一个人都有自己的路要走,为了梦想,为了责任,为了配得上自己受过的苦难,我们不可能再为任何人停下自己的脚步,也没有人会再会为你停下。你不必懊恼为何走在前边的朋友不愿停下来伸出手等等你,也不必责怪自己为何变得冷漠不再愿奋不顾身地帮帮身后的伙伴,每个人的成长,无人可以代偿。

这个世上梦想和痛楚都是冷暖自知的事,你慷慨激昂地和别人诉说,说不定你的梦想在别人眼里莫名其妙,你的苦衷在别人看来不值一提。你必须学会依靠自己，最靠得住的永远是你自己，佛陀视寄予他人希望为一种诽谤，所以想要依靠别人本身就是一种罪孽。

不是清高，也不是孤傲，只是厌倦了所有的依靠。

你总会习惯独自去经历和承受，追逐梦想的道路注定是孤独的旅程。每个人肩上都背负着你看不到的责任，每个人心中都藏着你听不到的苦衷。你不再需要旁人的帮助与施舍，也不再抱怨他人的冷漠与离去。前方的荆棘，要由你自己来踏平，所有伤痛要由你自己承受。你的人生是你的，你有权利选择，便有义务独自承受一切。

后来的我时常告诉自己："从不依靠、从不寻找、非常沉默、非常骄傲。"

去为你的未来奔跑吧，那个甘愿为你停下脚步的人只会在前方等着你，而不是在过去。

无从告别的告别

里则林

那年,最后走的时候,我也没明白过来,"爷爷"到底是什么。但只要时间一天一天地过去,人在时间里,很快就会长大。

1

小时候我常常面对离别。

大人会跟我说,明天我们要去××地方了。而××地方,一般都是我从未听说过的某个城市。我听完会默默地点头,然后坐在沙发上,看大人们收拾东西。心里则提前开始消化恐慌,对未知和陌生的恐慌。

记得还在上海的时候,小区里住着许多子女不在身边的孤寡老人。老师要我们在某个暑假去找一个老人,然后陪伴他们,算是作业。

我就找了隔壁那幢楼的一个老头。我记得我第一次敲他的门,他开了半截门,奇怪地看着我,我呆滞地傻愣半天,然后用手摇了摇胸前的红领巾说:"你好,我是小学生。老师要我来陪你。"

老头听完,微微一笑,把门敞开,示意我进去,问我:"你从哪里来?"

我坐在脚碰不到地的高凳上,晃动着双脚指了指左边说:"我从隔壁来。"

"嗯,我见过你,每天带着一帮小朋友到处折断小区里的竹子。"

我点点头说:"没错!"

他又问我:"为什么?"

"为了赶一只猫和打仗。"

他笑笑没理我,打开了大厅和天井之间的门,我抬头看去,天井里全是花花草草和无数个鸟笼,每个鸟笼里都住着一只鸟。

我站起身准备接受他的邀请一起走进天井里看看。但是他没有。他就那么自顾自旁若无人地摆弄起了花草,让我觉得他不太懂人情世故,没有家教。

搞得我有点不知所措，只能又坐回原处，开始四下张望。

老头家里有简单的家具，一堆茶壶，一张大桌子上有一盏式样老土的彩色玻璃灯，灯旁有很多农业技能书。我想尝试跟他对话。

于是对他"喂"了一声。

他转过头来说我没礼貌，然后又继续低头在天井里摆弄花草。

最后我只能哈欠连天地看着墙上的表，等着两个小时结束。

因为那时老师规定我们，每次陪老人家至少两个小时，然后拿一个小本子给老人家签字和写评语。

临走的时候，我拿出本子给老头，老头戴上老花镜看了看本子上的大致内容，问我写什么好。这个问题让我猝不及防，觉得回到了从前——考试考得好，老师放了一排礼物，让我们各自挑自己喜欢的，我喜欢最贵的，但常常不好意思直接拿，都是拿的退而求其次的奖品。

于是我说："写点还不错的就行。"接着马上有点不好意思地看向别处。

然后就听见了他唰唰写字的声音,写完合上本子递给了我。我拿起本子,转身要走。他又叫住了我,从天井里抱来一盆土:"你在土上面摁一摁。"

我不解地看着他,他说:"摁一摁就行!"我就摁了一摁,然后马上嫌弃地边搓手边走了出去。

回到家,吃饭的时候,妈妈问我今天陪老爷爷开心吗,我说不开心,妈妈问我为什么,我说因为这老头不开心我陪他。

妈妈一个筷子头打了过来,骂我没礼貌。

我心里愤愤不平,边吃菜边开始在脑海里统计周围的老人家还有哪些,下定决心一定要换一个人陪陪。

在那天临睡前,我突然想起那个本子,然后迫不及待地想看看老头写了什么内容,于是翻开看了看,发现上面工工整整地写着:"他今天非常乖,非常热情,很有礼貌,家教很好,很讨人喜欢。"

那时我语文好,知道"非常"和"很"后面只要接上很好的词汇,就是很好的表扬。看完,竟然有点不好意思。

2

后来我每天去陪这老头,几乎不怎么说话,他不是弄花草就是弄鸟,偶尔我坐在大厅和天井连接的地方,呆呆地着看他。

老头则依旧每天结束时,在本子上换着花样夸我。得到他无比绚丽的措辞几乎成了我去陪他的唯一动力。从活泼,到善良,再到爱护花草,以及学习能力强。应有尽有。

某个下午老头坐在桌子上看书,我在他对面一动不动,老头抬头看了看我,然后看了看他那堆书。

我就跟顺着他的目光也看了看那堆书,随后又继续呆滞地看着他,他又用手拨了拨他那堆书。

我才看见里面有一本《杨家将演义》的连环画。我伸手摸了摸那本书,犹豫间,他对我点点头。于是我就把那本书抽了出来。津津有味地读了起来。

老头问我最喜欢谁,我说我喜欢杨宗保。

老头问我为什么。

我说因为电视上他老婆穆桂英好看。

他又问我喜欢花木兰吗,我问她花木兰是谁。他就给我讲了一下午花木兰。

从那天起,他就不摆弄花草了,每次来,都和我面对面看书,每天他书堆里都会莫名其妙地有一本不同的连环画。

有一天看到又是连环画,我突然觉得无聊透了,做作地打起了一个又长又大声的哈欠,然后趴在了桌子上一言不发地发呆。

老头咳嗽了几声,然后问我吃糖吗。我继续趴在桌子上摇着头。

他说你等一会儿,转身进了房间。我看见他打开衣柜,到处翻,最后面红耳赤地拿出一把剑。

我立马跳了起来,双眼放光地看向他,因为我从小就喜欢大宝剑这种东西。

老头第一次脸上露出了调皮的神色,拔出剑来,故作姿态地舞了两下。那天下午我们在天井里,老头教我玩了一套晨练时的老年剑法。

从那天之后,我只要去到老头家,他会第一时间给我背上那把大宝剑,然后该干吗干吗。看书,陪他弄花草,他会问我很多关于我的事,有一天当他得知我在学校是大队长的时候,他直接把我抱了起来,一个劲地对我说:"原来你这么厉害呀!"

我得意地笑着。

我跟老头没事就看书,弄花草,逗鸟,玩大宝剑,不知不觉过去了15天,还有5天我就可以结束陪伴老人家的作业了。

我把这件事告诉了老头,老头愣了一会儿,说:"那明天我带你去城隍庙买一把属于自己的大宝剑吧。"

我惊讶地看向他,问他是真的吗?

他用力地点点头。我一激动,抱住了他,第一次说了句:"谢谢爷爷!"

他面色绯红,有点不好意思,也抱了抱我,但显得异常开心。那天晚上,他陪我一起回家,然后跟我的妈妈说他想第二天带我去城隍庙玩,希望我妈妈同意。然后还从包里掏了很久,掏出自己的身份证,还有一张写了自己电话的纸片。他们在门口聊了挺久,而我在屋子里紧张地看着这一切。最后看见老头对我开心地笑了笑,用手凭空作剑,对着我舞了舞,就开心地走了。

妈妈转头过来严肃地看着我,我马上立正在原地,妈妈对我说:"不能乱跑,知道吗?"

我一颗心就沉了下去。

接着妈妈又说:"在明天跟爷爷出去的时候。"

我立马喜笑颜开,脖子像安了发条,使劲点头。

第二天在城隍庙,老头全程拉着我的手,他带我走进一个大楼里,里面有数不过来的摊位,每个摊位的墙上都挂满了大宝剑,我们两个这家看看,那家看看,人很多,很拥挤,我看见他有点不自然,把我护在他身前,挤到一个摊位前。

看着琳琅满目的刀枪棍棒,我一时没了目标,满心欢喜地扫来扫去,我们两个站在一起,老头有些紧张地问我:"是不是不喜欢这里的?"

我摇摇头说:"没有,我都喜欢!"

老头才爽朗地笑了起来,告诉我别着急,慢慢挑,他等我。

后来我挑了一把黑色的,老头找老板要了一根红色的背带,蹲在门口帮我安在了剑鞘上,挂上了我的后背。那天我觉得自己终于成为了我最想成为的人——展昭。

后来老头带我去买麦芽糖，我们坐在一个亭子里吃糖的时候，老头问我："你有爷爷吗？"我愣了好一会儿。

他有点尴尬地看着我，显得不知所措。

我反问他："爷爷是……我爸爸的爸爸？"

他有点惊讶，接着对我说："是啊。"

我边吃糖边说："我不记得自己的爷爷，从来没有见过他。"

他就不说话了，摸摸我的头，问我说："你还想吃什么？"

我摇摇头，一起陷入了沉默里。

3

其实我从小就不记得自己爷爷和所有亲戚，因为我的童年颠沛流离，一时在这，一时在那，却从未回过老家。

我一直以为每年过年家里只有四个人，是很正常的事情。

我一直到 97 年香港回归，7 岁那年，才第一次听爸爸妈妈对我说起"爷爷"两个字。那是一个晚上，我从睡梦中被叫醒，带着一肚子的起床气，觉得自己恨整个世界。

爸爸严肃地把我拉到角落里，让我穿上衣服，说要带我去见爷爷。我磨磨蹭蹭半天，就是不肯。因为那年我实在不知道爷爷是什么。对于到底哪里突然冒出了一个爷爷来，我百思不得其解，并且很认真地以为爷爷是爸妈的某个无聊朋友。

后来爸爸接了一个电话，神色更加急迫，大声地吼我："你到底要不要穿衣服！"

我一肚子起床气瞬间找到了出口，哭声喷薄而出，大声地喊着："我就不穿！"

爸爸对我投来了一个此生难忘的失望眼神，然后和妈妈急匆匆地出门了。没过多久，一个称之为"姑姑"的人来到了家里，哄我哄了半天，我才把衣服穿上，跟着她出了门，去见所谓的"爷爷"。

去到一半，姑姑接了一个电话，然后让司机掉转车头，我们又回了家。

那天从头到尾我都不知道发生了什么。

那之后的许多年，我才终于很清晰地知道了爷爷是谁，是干吗的，也从别人口中得知，我还没记事的时候，爷爷常常在过年的时候叫着我的小名，然后我屁颠屁颠地跑过去，他会塞给我一个无比丰厚的红包，别人说他最疼我。

只是后来我被父母带着四处跑，既不知道自己根在哪，也不知道有哪些所谓的亲人，我以为世界上每个人都和我一样，只有家人。

也知道了，那个晚上，是我最后一次，能见到爷爷的机会。此后这件事成了我想起一次就遗憾和自责一次的事情。

直到去年我24岁，临近清明节的时候，爸爸让我开车带着姐姐回老家去给爷爷扫墓。我听完二话没说就推掉了所有事情。

一路上雨点淅淅沥沥地打在车上，我和姐姐一路上都没有说话，开在乡间的泥泞小路上。

我被亲戚带着，去了爷爷住过的老房子，看见一个黑不溜秋的奶瓶，他们说那是我的。看见了许多爷爷当年生活时的东西，甚至都叫不上名字，那到底是什么。

那天在墓碑前，放起了一长串大鞭炮，我看着爷爷的名字，心里说：

"爷爷，我回来啦。"然后眼睛就红了。

我心里又说："爷爷，在那个年纪，我真是像个不落地的蒲公英，从未有人跟我提过，我从哪里来，也没有人确定地告诉我，我要到哪里去。"

就像被风一直裹着，以为世界上并没有可以落脚的土地。

"但你原谅我的话，你就刮来一阵风好了。"

于是那天很神奇地在一秒之后，刮来了一阵风。

4

后来在那个陪老人的作业本上，老爷爷给我写的最后一个评语是："他像我的孙子一样，我像他的爷爷一样。"

那时我常常面对离别，妈妈在某天跟我说，这个暑假结束之后，我们要去重庆了。

我点点头，坐在沙发上。我不知道重庆是什么地方，也不知道在那会遇见什么人。只是已经开始在心里提前默默地消化起了对未知和陌生的恐惧。

走那天,老头赶来,抱着一盆小花,气喘吁吁地说:"这是你来那天,我给你种的,名字就叫小则林。"

我一看是一盆黄黄的小花。

但妈妈说:"坐飞机,带不了这些。"

我遗憾地看着老头,老头也略显无奈,犹豫了一会儿说:"没事,等你回来的时候,小则林就跟你长得一样大了。"说完摸了摸我的头。

但我并没有再回来过,甚至没能带走那把爷爷送我的大宝剑。

并且那年,最后走的时候,我也没明白过来,"爷爷"到底是什么。

但只要时间一天一天地过去,人在时间里,很快就会长大。

有时夜深人静的时候,我会想起那盆小黄花,也会想起97年那个夜晚。每次都带着遗憾,因为他们从来不知道我去了多少地方,也不知道我见过多少人,甚至他们永远没有办法知道,他们一直在我心里,并且没有办法告诉他们,这些无从告别的告别。

可惜不是我

伊心

可惜不是我,被赋予爱你的殊荣。

1

"我爱他呀,已经十三年了。加上认识的时间,差不多有二十年。"

一个初春轻风凉薄的午后,叶子姑娘这样跟我说。

2

遇见叶子纯属"有预谋的偶然"。她碰巧看到了我的博客,发现了一系列蛛丝马迹后给我发了私信:"你是不是在某某大学某号宿舍楼啊,我也住这个楼,在四楼。"我一看她相册里的照片,和资料文章一对照,确实是个笑眼眯眯的姑娘,于是放心地回复了:"对啊,我就在某某某室。"过了一会儿,宿舍有人敲门,我开门一看,果然是她。两相对视就乐了，从此经常楼上楼下串门。

叶子学法语，很长又有点自然卷的头发温柔地垂在肩头。虽然她坐着的时候简直和布娃娃一样乖巧，但跟我说起话来偶尔也会滔滔不绝。

认识叶子之后，顺带着认识了她的舍友。一个心直口快的姑娘很干脆地问我，你们班男生多，有没有适合叶子的啊？另一姑娘回了句，你可别给她介绍，以前有个男生天天在楼下等她，小伙模样挺不错的，都没能入咱叶子法眼，连我都怀疑她是不是取向有问题……叶子一巴掌打过去，闹做一团。

很久之后的某一天，叶子突然问我，你知道我为什么看了你的博客后想认识现实中的你吗？

我当然不知道。叶子说因为她看到了我写的一段话。

我早已不记得是在什么境况下写的那段话了，甚至那篇文章我也不知道什么时候删掉了。

但叶子很笃定地说那段话是："多少人朝三暮四，多少人假意奉承，多少人以爱之名做尽错事，只有我知道，你那些外人看起来近乎盲目和可笑的坚持有多珍贵。"

然后叶子给我讲了她的故事。

3

叶子认识他的时候才上小学。从大学的附属小学一路读到附属高中,所以他俩一直是同学,但很不巧,都是隔壁班的同学。

故事的开始是在初一,那年叶子失去了父亲。班里都知道了这件事儿,叶子也好强,在同学面前从来都伪装得一切如常,甚至还会自己说些笑话打破班里好像是为了刻意照顾她情绪的缄默。

有一天开运动会,叶子回教室取运动服,呆呆地坐在座位上,突然在空无一人的教室哭了起来。这时男生正好路过她们班的教室,听到那声号啕大哭,有点手足无措但还是走到了叶子面前,推推她,哎,你怎么了啊。叶子没理,男生又说,你笑一笑啊。叶子抬头一看,他正在拼命地挤一个滑稽的鬼脸,没忍住噗的一声笑出来。看叶子不哭了,男生将脸恢复了正常,露出一个略带羞涩又无懈可击的笑容来。

叶子说,那天教室的窗帘外飘进带着蔷薇味儿的风,阳光透过窗棂照进来,恰好有那么一小束散落在男生前额的头发上。她隐隐约约地听到冰河的一角碎裂的声音,紧接着是融化的潺潺水声。

《午夜之前》上映,我们一起去看,十八年前大屏幕上带着点婴儿肥的可爱女孩变成了在烦琐的家庭生活中力不从心的绝望主妇。在又一次激烈的争吵中,已经相爱了十八年的他无力地说:"因为你唱歌的样子,我搭上了整整一生。"叶子脸上突然爬满了泪,我知道她在想什么。为了他在初一教室里一个拼命挤出来的鬼脸,她也已经搭进去了近乎全部的青春。

4

再后来,他们并没有顺理成章地变成好朋友或恋人,仍然不过是点头之交而已,但叶子从此开始了旷日持久的暗恋。她偷偷地调查清楚了他的成绩特长兴趣爱好,他家住哪儿,上学放学的时间,乘坐的公交车是哪路。她费尽心思制造和他在放学路上的偶遇,或者干脆什么也不做,只是跟在他身后看着他的背影一截一截地融入夕阳里。她课间休息时一眼不眨地望着教室门口,只为了等他路过的那几秒钟。她为了他一个温和的笑意而高兴半天,又为了他和别的女生过分亲密的举动而难过好久。

高中之后,男生成绩很好,叶子为了和他考入同一所大学,拼了命地学习。她每次最开心的事儿大概就是走到走廊里那张长长的成绩单前,发现他们名字之间的距离又缩短了一些。可惜最后男生去了上海的某个高校,叶子则进了她从小到大的学校都被"附属"

的那所大学。

在整个漫长的高三,叶子最大的动力就是高考完了就要表白。可高考完之后叶子因为怕被拒绝一直犹豫到了上大一,才忐忑不安地打听到了他的手机号,然后频繁地联系了起来。

让叶子刻骨铭心的那段对话是这样发生的:"听说你还没有女朋友?"

"对啊。唉,没人愿意当吧。"

"怎么可能。"

"那你愿意吗?"

叶子说她简直不知道该怎么形容那时候的激动和开心,好像心脏每秒钟都要突突突地从胸腔里跳出来然后长双翅膀飞出去。难怪别人会说,最幸福的事情,莫过于你暗恋的人恰好也在暗恋你。

后来男生也做过很多让叶子感动的事情,比如大老远地从上海赶回去,突然出现在她的宿舍楼外;比如她过生日但他回不去,拜托了共同的高中同学亲自将玫瑰花和礼物送到她手上……

5

所以，叶子做梦都没有想到他不过半年之后便移情别恋。对方是男生的同班同学，近水楼台先得月，何况那个女生也是又热情又主动。男生吞吞吐吐地和叶子打电话，说他不知道该做何选择，叶子问清之后没挽留，很干脆地说我退出，你们好了吧。男生痛哭流涕一直说对不起，叶子挂了电话，一个人在学校湖边的椅子上坐了一天，无数次生出了想跳下去的念头，直到深夜学校门禁前舍友找到她带回宿舍。

可自那之后，叶子又爱了他六年。

一开始，恨得咬牙切齿，后来慢慢地不再恨，心情反而回到了恋爱之前。她也并不打扰他的生活，只是远远地默默地看着。

有一次，男生生病住院，叶子听说之后买了无座火车票连夜赶过去，走到医院门外才豁然清醒，觉得不妥，把买的东西交给他朋友，还叮嘱了句，别说是我买的。然后又是一夜的火车赶回学校。

后来男生毕业去了深圳工作，叶子想看看穿西装的他和他的工作环境，又是三十多个小时的火车赶过去，在那栋办公楼外站了半天，却在他正要从大厅走出来的那一个瞬间仓促逃离。

叶子说:"你看这么多年他一直和那个女生在一起,他不是个朝三暮四的花花公子,只是我不是那个对的人,所以我不恨他。"

叶子说:"我知道你想怎么劝我。不要在一棵树上吊死,他不值得,你还有着大好的青春年华呢。我也经常用这样的话来劝自己,可是,没办法,这已经是我生活里的惯性了。"

叶子说:"我至今也分辨不清,我究竟是爱他,还是爱那段爱着他的时光。可是又有什么区别呢?他是我整个青春里全部的梦想。从小到大,我幻想的所有人生,每一个细节都和他有关。"

叶子说:"我是真的希望他好,虽然那个人不是我,但我还是希望他好,我只想看着他过的好。"

在安徒生所有的童话里,我最喜欢的是皆大欢喜的《白雪皇后》,叶子最喜欢我觉得过于悲伤的《海的女儿》。虽然那个曾经一心二用的男生根本无法与童话里的王子相比,可叶子这些年的心境想必和人鱼公主化作泡沫时一样。她们心里都在想,可惜不是我啊。

可惜不是我,陪你走过所有未知的坎坷,遍历你心情的辗转和周折,一起将悲欢离合看尽,在岁月尽头将你的白发抚在掌心。

可惜不是我,能把所有青春的光亮容颜和之后平静又漫长的一生交给你，幸福也罢，平淡也罢，一切都任你裁度。

可惜不是我，被赋予爱你的殊荣。

这些年她没有再恋爱，所有一个人的日子全是在这种心情下度过。她把自己锁进了一间黑黢黢的屋子，然后把钥匙远远地扔出去，谁都找不到。

6

后来又过了一个夏天，叶子毕业，要去法国工作了。公司在欧洲有业务，作为新员工的叶子主动请缨，前后不过一个周的时间。

那天我去机场送她，她的长发和初见时一样安稳地垂在温柔的肩头，笑着和朋友同事告别。这两年，好像有什么东西变了，好像又什么都没有变，除了她的笑容又寂寞了一点。她已经很久没再和我说起过男生的事情，我还以为她真的过来了。可机场里最后一个拥抱，她的声音绕过头发传过来。

"他要结婚了，我走了啊。"

我愣了两秒，还没来得及回话她就松开了我，转身离开。

7

你看这真不是一个好看的故事。如果它是一部电视剧,你可能早就换台了。如果它是一场电影,影院里也一定已响起一片鼾声。即使女主角再美都救不起这个剧情,可我答应叶子要写写这个冗长、絮叨又像是独角戏的故事,是因为,有那么一些时刻,她陷入回忆时眼角明媚流转的光,让我觉得,欸,在这样一个时代,爱情好像仍然固执地存在着,不管以什么样的形式,不管能否得到报偿。也有人仍然愿意为自己笃信的爱情付出漫长的毫无希望的等待,在故事的结尾迈着并不潇洒却沉默安静的步伐告别离开。

拜伦有句诗:假若他日相逢,我将何以贺你?以眼泪,以沉默。

喂喂,叶子姑娘,我多想以释怀,以遗忘,或者以你真正的笑脸啊。

方 糖 姑 娘

刘墨闻

她依旧笨拙得像一块方糖,在生活这杯苦涩而又清醒的浑噩中缓慢地散开,四处碰壁,在一次又一次与硬碰硬中,失去,成长。终于,她学会了以乱治乱,学会了以一抵百,学会了在最窘迫的状态下,开出个未来。

Z 先生和顾赞表白了。

这个顾赞暗恋多年一直未果的 Z 先生,这个家境殷实、貌比潘安的 Z 先生,他向顾赞表白了。

我几乎以庆祝的方式惊呼出恭喜二字的时候,顾赞却冷淡地说她拒绝了。

顾赞从小学习就好,自然一路名校,念的高中是全国都首屈一指的好学校。自然也少不了干部儿女和富家子弟。顾赞和 Z 先生就是在学校认识的,他们都是名校里艺术班的学生,Z先生弹得一手好琴,顾赞画得一手好画,两个人无话不谈,亲密无间。

Z先生先天条件优越,感情路上一直都是众星捧月。遇到不顺心的事,顾赞一直扮演着红颜知己的角色,义务解闷,开导聊天。

Z先生觉得顾赞特别好,让他如此依赖,什么事情都为他考虑到位,日常烦琐也能想得周到,他觉得再也找不到比顾赞更懂事的姑娘,他不用花那么多心思去打理和周济,但他们的关系始终止步于朋友。

顾赞是很好,是所有人理想中的知己好友,需要时出现,不需要时消失,在你的生命中扮演着尴尬又重要的角色。

Z先生习惯了她的好,好到他也忘了还以关怀,报之以爱。

顾赞还在小学的时候爸妈就离婚了,顾赞跟着妈妈过,两个女人相依为命什么苦都吃了。赞妈妈为了不过多影响顾赞的生活,所以拼命赚钱,每个月给顾赞的零花钱都很足,顾赞性格好人缘不错,从小到大和名校里的孩子们打成一片。大家都觉得顾赞人大方,宽让,他们觉得顾赞和他们一样,不需要为明天的生活过分担忧。

高中毕业,Z先生名校留学,顾赞进了美院。两个人各自生活,却也间断性地保持联系，藕断丝连的。两个人各自都有过几段感情经历，也都不太圆满。

大学顾赞谈过两次恋爱，用她的话评价这两个EX，一个是人渣，一个是人渣中的人渣。

一号人渣俗称野兽派，以玩消失为主要技能，经常杀得顾赞一愣一愣的。二号人渣标号印象派，擅长劈腿召唤小三。在意外得到顾赞的原谅以后得以升级，召唤出了小四和小五，有时人的原谅是一种放纵，是一种对伤害的默许。赞姐用尽了浑身解数和敌人们斗智斗勇，终究也还是败了。没办法，爱情这游戏她等级太低。不是她无心修炼，而是在她看来坦诚与执着，比心计和手段更能留住人。

她觉得用真诚可以交换真诚，她认为失去信任等同于失去爱情。后来她开始质疑自己，不再那么轻易地把自己交付出去。所有辜负与错过的人，都被她定义为缘浅情薄。

大学毕业后，顾赞为了不让妈妈那么累，远离了"继承者"们一般的朋友，一个人来到他乡拼命的工作，一米六的身高挤在人群里不见了踪影，硬着头皮在汽车行业里摸爬滚打，受过上司调戏，遭过同事的白眼非议，一路坎坷也一路摸索。

她也问了自己那个无数年轻人问过自己的问题，我到底适合做什么。她开始发现我们那么努力也只是为了活得轻松一点，人这一双手，有的时候力量小得让人想哭，其实错的不是这一双手，而是走错了路。

当初那个想变漂亮，想玩摇滚，想做化妆师，想研究外星人，想走遍全世界，想妈妈幸福，想对一个男生好一辈子的姑娘，如今只想工资能高点，再高点……

顾赞的话越来越少，她不再挣扎，也不害怕，好像已经做好准备被生活宰割。她很长时间都没有哭过，也没有和谁承认过自己的软弱。

有很多个没有挤上公交车的时刻，有很多个和屋子里蟑螂做斗争的时刻，顾赞问自己，这一切是为了什么。还不如努努力找个好男人嫁了算了。

顾赞可以轻而易举地收拾掉家里的老鼠，但是多脚的虫子是她最怕的致命伤，曾经有一次她被一种叫不上名字的虫子咬伤，过敏了一个月不能上班，整个人都要崩溃了。

不是怕过敏，而是一个月没有工资这事比过敏难受多了，在一个月黑风高的夜晚，顾赞手持喷剂残忍地杀害了一个青年小强之后，起身时一不小心滑到，头部着地。她躺在地上独自面对着躯壳油亮卧姿风骚的虫尸，疼痛感迅速占领泪腺，终于痛哭失声。她把工作上的不如意和生活奔波长期累积的委屈难过全部装进眼泪和分贝，将沉积在身体内多时的污垢全都释放出来，即使她知道窗外车水马龙，城市夜霾深邃，谁也收不到她的求救信号。

也许只有奋斗过的女孩才知道，这样的哭泣，是一次华丽的蜕皮，她们终将在这样的一次次释放中，走向她们想要的自己。

顾赞也学着妥协过，她曾抱着试一试的态度相了一次亲，在与一个条件较好富二代融洽会晤以后，顾赞决定以后再也不干这种事了。

朋友们围了一桌问她为什么，顾赞表情忧郁的带着一点无奈说："不喜欢的，我下不去嘴。"

一圈人哄开了笑，顾赞杯中之酒一饮而下，为自己的相亲生涯画上"圆满"的句号。

与不爱的人相拥，她忍不了半分钟。

她知道，没有感情只有需求的凑合，和单身是同一种寂寞。

她活得太真实了,喜欢就是缠绵,讨厌就是不见,她的真实就是她的演技,在生活这场戏里,她也学别人为自己画了一张皮,只不过别人画的是还是别人,而她画的却还是她自己。

在一次次的战败与博弈中,她熬过了稚嫩与蚀骨的懵懂过程,现在的她可以拿出自己的难堪来谈笑风生,也可以心平气和地说说男人,聊聊曾经。爱情这东西,经不起岁月,过不了人性,她在走所有人都该走的那个过程,只是有的人走了出来,而有的人终其一生都迷惘其中。

也有男人带着或真或假的感情问顾赞:"我追你好不?"

顾赞一脸诧异地看着他回道:"大哥你这是什么逻辑?表白的人该为自己说的话负责,你可以追我,但是千万不要让我知道。否则我一定会拒绝你,不是不给你机会,你还没追就问我行不行,我当然说不行,你在还没有付出之前就衡量回报,你是准备让谁为你的付出买单吗?你还是买个追妞未遂保险吧,没追上就讹保险公司一笔,哎,挺大老爷们你这是准备碰瓷儿啊。"

这样几个回合下来,追求的人都觉得顾赞身上有刺儿,敬而远之。有人劝她收敛一下,别吓跑了好男人,顾赞说:"如果他们觉得我不好,那只是因为他们没有驯服我,还无法驾驭我的好。"

是啊，她不再轻易对别人好，也不轻易接受别人的好，对爱情的要求尺码也不会因为岁月流逝而放宽，别人觉得她这是苛刻，岂不知所有的严格与尖酸都来自于对一份美满爱情的长久期盼。她不听女人三十之前是块宝，三十之后就得打折处理之类的屁话。她的人生，她自己来定价。

她不愿意玩，也不愿意试，她只想青春未逝，能用剩下的时光与真心，换一个人看她哭，看她笑，看她洗衣做饭，看她无理取闹。

今年的情人节和元宵节是一天，Z先生一个电话打过来，叫顾赞一起回高中走走。两个人沿着操场一句有一句没地聊着。后来天空中开始下雪，顾赞觉得能和他就这么走走就蛮好，两个人一不小心就白了头。

Z先生突然说，来我家见见我爸妈吧，他们很想见你，我想我们可以确定一下关系。

顾赞被这突如其来的示好吓了一跳，空气在那一秒静止，雪花砸在头上像是故意起哄，呼出的哈气散成一张错愕的表情，越飞越大。那一刻，似乎在学校发生的一切都在同一时间涌向了她。所有人倒退回教室，他们脱下风衣羽绒，穿上白蓝校服，两个羞涩的学生在禁果树前，相互含羞怂恿。

顾赞觉得再这么走自己就要漂移了，定了定神，享受了片刻的甜蜜后，微笑着拒绝了他。

她的意料之外与宠辱不惊，他的进退两难与莫名其妙，伴着浪漫的气氛，尴尬的交纵。烟火蓄谋已久，炸开一片片唏嘘与惊讶。

他诧异、他不懂，不理解，也不明白。他觉得女人都喜欢口是心非或故作矜持。

可是他哪里知道，也许在顾赞眼里，这样的表白根本算不上表白，这样的示爱也许本身就带着一种骄傲的姿态。

你喜欢我这么久，我既然说出来了，你又怎么会不答应，你没有理由不答应。

亲爱的Z先生，你可知道你的优秀你的骄傲顾赞都深刻地了解，所以从一开始她就觉得你足够遥远，远得让她看不清也摸不到，她努力，她奋斗，她想要离你近一点。这么多年过去了，你们的距离却始终没变。任她再努力，也敌不过你却自顾自地走。她踮起脚尖够着你，微笑着忍耐，希望有一天你能回头看看这个并不是很瘦，跑起来略带蹒跚的笨女孩。

她一直都是你招之即来挥之即去的好哥们，就算你突然回心转意，为什么连见家长这种重要事都能以通知的方式来告知。又或者，你能表现得多喜欢她一些，多给她一些鼓励与赞美，她就多一些自信，多一些和你在一起的勇气。她也能奋不顾身，只为能与你并列于堂前，交拜于世间。在一份爱情里，她不求爱人前后拥簇，但求爱得从容不迫，爱得不卑不亢。

但是你没有，你们之间依然隔得很远，本来就是两个世界的人，不一样的生活方式，不一样的价值观，都削弱了她的勇气，这样的差异如何能让两个人走得长远，如果在一起不合适再分开，那么连做朋友的资格都会失去。

更何况两个人绕了一大圈，在学生时期稚嫩的喜欢早就变成了另外一种味道，顾赞早已不确定自己还是不是喜欢Z先生，或者只是一直都觉得他是自己懵懂时期的一个梦。

所以她为了避免结束，索性避免了一切开始。

这个世界上所有人都爱白富美和高富帅，只不过完美的人根本不存在，我们都是在物质与精神之间，性格与道德两边，退而求其次的选择，把感情做理性的分析，将自己待价而沽。

顾赞长成了Z先生从没有拥有过的那种姑娘，她想要的东西必须靠自己去争取，别人给予的，她捧在手里，却进不了心，她从来不敢大胆享用从天而降的美好，她觉得所有的回报都应在付出之后，她独立得像是从小就离开群体的小兽，倔强又警觉，活泼又疲惫。

她的确累了，但是感情这事她仍然愿意去较真，去理想主义。她就是要等那个人，等那个连散步频率都迁就她的男人，她不再求百分百的男友，但求互相温暖的两个俗人，一起经风雨，看潮起潮落，依偎着全世界一起蹉跎。

这样的姑娘吃不了软饭，却消化得了期盼。所以她发现自己比别人，更擅长等待。

春天来了，冰雪开始融化，北方的街道上雾气弥漫，顾赞戴着手套围巾全副武装地骑着自行车去上班，行色匆匆，前路迷茫，她神经大条到没有为自己失去了坐在宝马里哭的机会，而感到任何遗憾。

她依旧笨拙得像一块方糖，在生活这杯苦涩而又清醒的浑噩中缓慢地散开，四处碰壁，在一次又一次与硬碰硬中，失去，成长。终于，她学会了以乱治乱，学会了以一抵百，学会了在最窘迫的状态下，开出个未来。

前几天顾赞告诉我她拿到了自己的第一份季度奖金，还没来得及奖励自己，又开始投资做一些小生意，休息的时候摆摆摊，送送货。睡觉的时间很少，所以眼圈黑得都不用画眼线了。我想象时间在她的眸上点水一般划过，一眨一眨，那双眼睛还是不会骗人，还是装着一份坚定，带着苦乐参半过后的剩余青春，奔赴约定，日夜兼程。

　　幸福依旧很远，孤单依旧很长。但是在奔向自己的路上，我还是相信她的倔强。

她惊艳了时光 她温柔了岁月

陈亚豪

也许有一天，我们终会明白。
用一世桃花，换一生相守；用一生惊艳，换一世温柔；爱一个人，就是要陪他看细水长流。

听朋友讲了一个故事，他的朋友，一对曾经相恋八年的恋人最后选择了分手，无疾而终。前段时间两个人突然分别和一个相恋只有三个月的人迅速结婚。这是我一年中听过的最悲伤的爱情故事。

我想他们与彼此新恋人在一起的那三个月时光一定是绚丽和浪漫的，绽放出了由于八年的爱情马拉松所憋坏了的久违的激情。谁不想自己的爱情永远像热恋般炙热，可时间偏要悄悄带走所有的激情，抚平伤痕的同时也要平淡了你曾经最美好的流年。

"人这一辈子会遇见两个人，一个惊艳了时光，一个温柔了岁月。"

遇到过很多对爱情摇摆不定的朋友，可概括起来其实他们就是两种人。遇够了惊艳时光的，苦苦等候温柔岁月的人。被温柔过岁月，却觉得生活缺少激情，默默期待惊艳时光的人。

总之，吃过熊掌的人会期待鱼的出现，吃腻了鱼的人也会羡慕有熊掌的人，吃不到的糖永远是最甜的。

如果你此生已经遇见过这两种人，那你一定要知足，爱情的千万种味道概括起来无非也就是这两种。

你会偷偷怀念那个惊艳了时光的人，正如有一天你会厌烦那个温柔了岁月的人。

短暂的爱情，美好的情人，让人心动的艳遇，偶然浪漫的邂逅，生命中太多角色都可以归入惊艳了时光的人。她们会给你一段充满激情，疯狂洒脱，好似只存在于电影中的一段刺激与浪漫的美好经历。只不过，无论那时的她们让你多么的痴迷，多么的浪漫，爱你爱得如何轰轰烈烈，奋不顾身，最后都只会在你生命里停留一小段时间。

因为惊艳了时光的人是不会在你身边停下脚步的，否则也就不会惊艳了。

可如果想温柔你的岁月，那就真的是一场智力与体力相结合，耗费青春和生命的马拉松了。因为她们必须停在你身边很久很久，久到你厌烦，久到你想甩开她，久到你开始偷偷出去玩不告诉她，久到你想尽办法躲开她的视线所及范围。可她还是会不依不饶地留在你身边，任你抱怨、任你嫌弃、任你推开，她就是执拗地相信你这个孩子没有她会生活不能自理，没有她会长不大，没有她会受委屈。没有她在你身边，你受挫时，彷徨无助时，没有人能真的再像她一样，静静地坐在你身边陪伴着你，然后她就是这样偏执到近乎不可理喻地留在你身边，直到慢慢温柔了你的岁月。

这世上有很多人都可以惊艳你的时光，而他们也只愿惊艳你的时光，但很少有人愿留在你身边直到慢慢温柔了你的岁月。一生也许只有那么一个，错过了便不再有。

在这样一个喧嚣的青春，有谁会真的心甘情愿温柔一个人的岁月？那不是半年、一年可以做到的，那是需要五年、七年，甚至十年的马拉松爱情才可以修成的。更何况，谁不会怀疑，谁不会猜忌：我为这个人牺牲了青春年华，即便温柔了岁月，最后又是否能真的修成正果？

现实中太多的例子证明，大多数女孩在好不容易教会了一个男孩如何去爱、如何去承担、如何去珍惜，成为了他人生的爱情导师后，用自己的遍体鳞伤拔掉了对方身上所有的刺，然后转身给下一个陌生的女人做了美丽的嫁衣。

温柔了岁月，太苦太累，而且结局看起来永远是那么扑朔迷离，这是最不划算的赌博。

惊艳你时光的人，她们会对你嘘寒问暖，会陪你有说有笑。她们可以陪你聊到天亮，陪你玩到疲倦，她们会做一切让你开心的事。她们不会管你，不会束缚你，陪你一起享受疯狂的青春，在身体上和精神上都给予你足够的愉悦和刺激。

而温柔了你岁月的人，她们会对你无微不至，会陪你有说有笑，但她们会跟你生气和你吵架，只是因为你没有听话，忘记照顾自己。她们也会陪你聊到深夜，陪你玩得仰天大笑，只是她们最后总会板着脸告诉你："该睡觉了，再不睡明天就不理你了。"

她们也会陪你疯狂，只是总要给你那么一点束缚和界限，因为她们不只是想让你快乐，更想让你健康成长。

她们不是过于沉闷或不解风情，只是一切都真的为你好。

比起那些惊艳了时光的人，她们更愿意在你失望伤心时悄悄地来到你身边。这个时候的你是最容易无理取闹，乱发脾气，可这时的你也只有她容忍得了，她甚至都不会生气，只是微笑地看着你。

也许后来的你会慢慢发现，每一个可以温柔你岁月的人，其实都是可以惊艳你时光的人。只要她说走就走，只要她不那么固执地留在你身边，这真的不难。何况人都一样，谁不想多感受几个异性，谁不会憧憬没有品尝过的味道，只是她不愿这样活在你的回忆里，她想永远地流淌在你的生命里，爱着你，呵护你，陪伴你。

《初夏荷花时期的爱情里》写道，爱情里最伤人的一句话便是："亲爱的，人都是会变的。"

是的，惊艳了时光的人，一定会变，可温柔了岁月的人，却永远不曾变过。惊艳了时光的人终要离开你，不会离开你的只有那个默默温柔了岁月的她。

如果有一个人守在你的身边仍旧不会变，那你真的幸福得让很多人羡慕。可我怕你不珍惜，最后反而对着那个对你从来不会变的人说了这句："亲爱的，人都是会变的。"

有的人还没来得及留下任何记忆就已经离开，有的人虽然离开却留下了永远的记忆。有时你愿陪她永远，她却只能陪你一程，有时你只能陪她一程，她却愿陪你永远。

任岁月平淡了流年，任时光抹去了激情，那个人还是静静地坐在你的身旁，直到温柔了你的岁月。不管你曾经被伤害得有多深，她的出现，她的守候，都让你原谅了之前生活对你所有的刁难。

感谢那些曾经在你生命中驻停过一段日子，惊艳了你时光的人，但一定要珍惜那个愿意苦苦等候，傻傻相依直到温柔了你岁月的她，那才是你生命里真正的无可替代。

惊鸿一瞥是生命的美妙，细水长流是淡淡的幸福，你究竟想要哪一个。

也许有一天我们终会明白。

用一世桃花，换一生相守，用一生惊艳，换一世温柔，爱一个人，就是要陪她看细水长流。

其实想说的很简单。愿你珍惜，愿你我，终会明白，早些明白。我们总说着，想找到一个真正值得自己珍惜的人，可现实往往是当你终于学会珍惜后，才恍然明白曾经的那个人究竟有多么值得你珍惜，可你却早已没有了珍惜的资格。

愿那个曾经惊艳了时光的人，最后也能留下温柔岁月，谁让我们就是这样贪心呢。更愿你我最终能守住那个温柔了岁月的人，真的要守住。

此生不能与你共

叶子禾

"天长地远。

山高水长。

幸有生之年知遇。

憾此生不能与你共。

唯愿幸福与你同在。"

1

天有些阴,北风吹起,有些冷,我缩了缩拎着外卖的手,无精打采的走在街上,韩正扬的电话在这个时候打了进来。

"干吗呢?"他声音轻快。

"正拿着外卖走在回家的马路上。"

我望了望街边光秃秃的行道树，感觉有些失落，怕是再也看不到春天落叶的香樟了。

"最近还好吗？"

2

我和韩正扬是大学同学，严格地说他是我学长，但他学建筑的读五年，所以我们一起面临了毕业找工作的迷茫。

刚上大学时的一场高校间的排球比赛，外地学生周末被辅导员安排凑数做观众，我想和校队的队员合照，而他正好在拿着相机在赛场边拍照，于是就认识了。

认识后才发现，他读建筑我读规划，我们的专业其实有些交集的。

果然，后来有几门专业课我们都在一起上课，不仅如此，大二我们分到专业教室那一年，还是专教对门，我有时会向他借些书，他也常来教室看我做模型，一来二去就熟悉了。

那一年我们常常打电话，其实离得很近啊，白天也常常能看到，有时还会一起上课吃饭，但每天晚上还总是会聊上十块钱的。

室友对我嗤之以鼻，又不是男朋友，有那么多话要说啊？

有啊，因为韩正扬真的是个很有趣的人，我并没有这样告诉我室友。

我是理工生，直到开学后，我才知道我的专业要学画画，这真是个晴天霹雳！我清楚地记得我曾经在绘画课上把一棵树画成了棒棒糖，从此后绘画老师彻底放弃了我。

但我幸运的是认识了学过五年绘画的韩正扬，他帮我补了五周的绘画，终于让我这个天生没有艺术细胞的榆木脑袋能画出个样子。

为了感谢他，我请他在校外一个叫"家"的餐馆撮了一顿，他毫不客气地点了一大桌，最后我们两个在学校里一直绕啊绕，消食消到半夜一点多，路过一个路灯的时候，他忽然指着路灯杆子："你说我可不可以手握路灯杆，和路灯垂直？"

我指着他大笑："你撑傻了吧！这怎么可能？"

"我要是做到了，你欠我一件事，做不到，我欠你！"

韩正扬手臂那点肉，能做到才怪，稳赚不赔的生意，我点点头，豪气地说好。

没想到他真的走过去，双手一抓，身体就和地面平行了，我张了半天嘴，才发现自己是被他诓了，他明知道自己有胜算才要打那个赌，而我欠了他一件事。

3

大家都在猜测我们是不是在谈恋爱的时候，我们聊到了他喜欢的那个女生，那是他高中时候喜欢的女生。

彼时我们在 J 楼的楼顶，一人拿了一罐啤酒，他说起了她，那是一个沈佳宜和柯景腾式的初恋，不同的是，韩正扬坐在她的后面，他喜欢画她，她常帮文化课不好的韩正扬。

韩正扬喜欢那个女生，也觉得那个女生似乎喜欢他，但他却不敢表白，特别是大学后，女生在兰州，而他在上海。

不知道为什么，我忽然说："喜欢就去追啊，你不告诉她，她怎么能感受到你的心思呢？"

他像是忽然觉悟了一样，猛地拍了拍我的肩膀："元旦放假我就去当面告诉她！"

我捏了捏啤酒罐，有些后悔刚说过的话。

元旦时，他为了见那个女生一面站了二十几个小时的火车去了兰州，我在学校百无聊赖时，被学院学生会里认识的几个同学约去了徐家汇跨年。

跨年倒数时，体育部的部长郑宇忽然对我表白，我一时不知如何是好，同学起哄间，郑宇把我的沉默当作是默认，在新年到来，烟花漫天的时候，吻了我。

在我没想好拒绝的台词前，我是郑宇的女朋友的事已经在被那天同行的同学发到人人网，消息迅速地蔓延，超出了控制。

韩正扬回来时，带来的却是女生已经找到男朋友的消息，他说他像个傻逼一样在楼下等着她，看到的却是两个人相携而归。

我陪他喝酒，却被郑宇早早地拉走送回了寝室。

对了，认识他时他用的那个相机，也在那次见面中送给了那个女生，后来我再也找不见那张他帮我拍的照片，但我却记住了他和那个女生的爱情故事。

4

我和郑宇谈了八个月的恋爱，而这期间，我和韩正扬像是有了某种默契，没有像以前那样的联系，只是偶尔地见面打个招呼，像极了那些只是认识而已的同学。

郑宇人很好，待我也很好，可爱情啊，它总是要一些冲动、要一些悸动、要一些无可取代，特别是当人还年轻的时候，对爱情的要求往往是那些所谓的刻骨铭心和轰轰烈烈。

我的分手很平静，就像我和郑宇的相处，波澜不惊，八个月里我们甚至从未红过脸、吵过架，因为不在乎，所以容易原谅，所以没有了吵架的理由。

分手后一个礼拜，韩正扬给我打电话，"苏玉，告诉你个事。"

我的心忽然跳的有些快，以为自己可能是那个女主角，可是事实是我想多了。

韩正扬在失恋的第八个月，在公修课上认识了许玫，他和我说，他对她一见钟情，他要追她。

"你的爱真是泛滥！"我揶揄他，没告诉他我分手了，他是后来在人人网上看到郑宇的新女友时才知道。

5

他追了许玫大半年,我作为狗头军师,量身定制了韩正扬追求许玫的追爱五部曲,堪比偶像剧情节。

第一步,相识要偶然。

第二步,要有共同的朋友圈。

第三步,相处产生依赖。

第四步,欲擒故纵。

第五步,出其不意,一举拿下。

为此我专门去上了许玫所在经济学院的几门课,故意地认识了许玫,找各种理由接近她了解她,在成功和许玫成为好友后,各种不经意地说起韩正扬。

经过大半年的努力,事实证明,我的追爱五部曲确实好用。

表白那天,韩正扬说服了一整幢楼的寝室帮他开关灯摆出心形,又找了一众同学一人一支玫瑰忍着蚊子的攻击,藏在楼前草地边的树丛里，又专门拉了个小音箱，预备关键时刻放《勇气》。

万事俱备时，我骗着许玫一起到了寝室前的大草地上，去见那个属于她的王子。

韩正扬和许玫表白时，我溜走了。

那是我导演的表白戏码，每一个细节，我都知道。

"那天一百多人的课上，我却一眼望见了你，从此你的身影就有了引力，让我总是不自觉地看向你，我走过了一排又一排的距离，终于坐到了你身旁，你可愿看一看身旁的我？我的爱全部给你，你可愿收下它？"

那是我帮他写的表白词，他在我面前练习了无数次，可练习就是练习，永远不会变成正式的。

6

时光飞逝这个词后来我才深有体会。

韩正扬和许玫吵吵闹闹、分分合合，感情一直不错，而我极少和他们在一起，即使再好的朋友，三个人总归是不合适的。

后来我们毕业走入社会，联系得越发少了起来，其间我遇过几个人，但都没有什么发展。

去年四月，家母忽然病重，一个孩子的家庭最无奈也最没有选择，思虑再三，我还是决定回老家。

7

离开上海前一天，我去和他告别，我们还是在那个叫"家"的小餐馆，一边喝酒一边等加班的许玫。

真的要走了吗？他问我。我点点头，要走了。

"我好像昨天才见过你，怎么明天你就要走了？"他看起来有些难过。

我们上一次见面还是一年半前，我、他和许玫一起去乌镇，那天我刚刚知道了那个谈了半个月的渣男做的那些龌龊事，我们在乌镇的小酒馆里喝了几瓶啤酒，然后我借着酒精的作用和那个渣男说了再见。

"值得留恋的越来越少，找不到什么理由留下来了。"

"没事,后悔了就再回来,我在这!"

他举杯与我碰杯,我笑得有些苦涩:"以后怕是不能再像这般只你共我。"我一扬脖,干了。

他也干了,我们看着桌上的一桌菜,和当年的都还一样。

"再见面,也许你带着老公孩子,我和许玫也带个拖油瓶,也不知道是几年后再见了。"

气氛有些凝重,幸好许玫加班回来了,我们藏好了刚刚的气氛,开始欢欢笑笑地为我送行,喝了一杯又一杯。

他们把我送回宾馆的时候,又在屋里聊了会儿。

"苏玉,你要赶紧找个男朋友,这样以后有事也好有人照应。正扬你说是不是?"许玫嘱咐着我。

"嗯。"韩正扬有些漫不经心地喝了口水,应和道。

"放心吧,我回去就相亲!"此情此景,我需要这样回答,即使未来谁都不知道。

"有好消息通知我们啊!"许玫靠在韩正扬的身上,笑得灿烂。

送走他们后,有人敲门。

许玫先下了楼,韩正扬回来取他落下的手机,我站在门边,他站在门外,我们都没有说话,想到此一别,再见不知何时,吊地一下我的眼泪就流了下来,他也微微扬了头。

那一刻,我忽然想到一句话,执手相看泪眼,竟无语凝噎。

他张开双臂,我上前一步抱住了他,我们唯一一次,也将是仅有的一次,靠得这样近,我甚至能感受到他的心跳,可也只有这一次了。

片刻后,我说:"走吧,许玫还在楼下等着。"

"保重!"

"嗯。"

他在走廊转角处,停了下来,转头的时候,我收回了探出去的身子,关了门。

那之后,我回了老家,我们一个月打一次电话。

8

"嗯,过得还行。"我用了稍微轻松的语气,好让自己听起来没那么糟。

"苏玉……"

"嗯?"

他沉默了好半天,"明年五月我要结婚了。你会来吗?"

"也许吧。"

母亲的病越来越严重,几乎随时就可能离开。她担心我的婚事,病床上还托了几个人介绍了几个相亲对象,我也想让她安心,想着找个人凑合也好啊,可是有时候凑合也是那样的难啊。

"苏玉,记不记得六年前那个晚上答应过我一件事。"

"嗯。"怎么会忘。

"那一定要来好不好?"

我停下来踢了一脚地上的枯叶,"好。"

挂了电话,想起那年在观众席上,看着他脖子上挂着相机,在赛场边拍来拍去,赛场那么多人,唯独他的身影好像有了引力,然后我走过去问他,"同学,能不能帮我和校队的队员合个影?"

风卷走了地上的几片枯叶。

我扬扬头,脸上有些湿,好像,下雨了。

9

天长地远。

山高水长。

幸有生之年知遇。

憾此生不能与你共。

唯愿幸福与你同在。

成长的道路上，
不要让"朋友"牵绊了脚步

陈亚豪

> 最好的友情，不是陪伴。而是你有足够的能力，在他们需要你的时候给他们最大的帮助和支持。

一个很好的哥们D，大一大二时每天过着日夜颠倒的生活，早上一睁眼就开始和宿舍的人宅在一起玩游戏，不上课、不参加任何学校活动，没有追求也不知梦想，只是一味地享受挥霍青春的乐趣。人就是这样，当身边的人都在享受堕落时，你就会得到一种奇妙的堕落安慰心理。可D其实早就和我倾诉过这种生活的空虚，只是一直无法抽身而出。人都害怕寂寞，害怕没有归属感，即便鼓起勇气，想踏出人群走出一条自己的路时，旁人的一句"你怎么这么不合群"便斗志全无，只好继续妥协麻痹自己。

到了大三，D面对自己前两年苍白空洞的人生，陷入了无尽的悔恨中。从此，毅然决然地每天六点起床去图书馆奋斗，不再参与之前的任何娱乐活动。起初身边的那些朋友都在开他的玩笑，觉得他就是两天新鲜，没想到他一直坚持了一个学期。可接踵而至的，便是那些朋友开始疏远他，与他拉开距离，并且在背后讨论"他变了，他现在很不合群"的话题，他再次陷入了迷茫中。他只是在为自己的未来奋斗，只是努力地想要获得一个丰满的人生，可没想到却受到朋友的孤立。他开始犹豫不决，一颗心摇摆不定，想要努力奋斗可又不想失去朋友，这些迷茫动摇了他的决心，再一次影响了他前进的速度。

听过一个学长的故事，这个学长曾在国内一流大学上学，特立独行。大二时发现了一个商机，扔下所有课程。开始一个人在社会上积攒人脉寻找合作者，一年后赚入一笔资金，敏锐的眼光和过人的魄力让他获得了同龄人羡慕嫉妒恨的成功。木秀于林，风必摧之，他开始受到一些朋友的排挤，并且到处散布他不好的谣言，老师和同学都认为他不务正业，不分轻重。他最后无法忍受这样的生活，即便获得再大的成就回到校园里，得到的不是认可，而是鄙夷和否定，他没有顶住压力，退出了生意回到了校园。重新开始了和其他同学一样每日上着对自己其实根本没有意义的课程，偶尔和朋友一起挥霍下青春的校园生活，眼看着自己一步步从优秀回到平庸。

社会就是这样，唯有中庸才能获得一个较为平衡的生活，可是成功和才华从来不会眷顾中庸之人，是一辈子碌碌无为活在人群之中，还是忍住孤独顶住质疑，走出一条自己想要的人生，你要为你的人生道路做出选择。

你以为你不扫朋友的兴，努力和大家打成一片，可其实这是荒废自己的年华浪费自己的青春。现实是当毕业多年后曾经的同学再相聚到一起，有人考上研究生、有人进了知名企业、有人创业成功、有人每月拿着稀薄的工资混日子、有人过着得过且过的生活、有人至今还未确定未来的道路、有人在不停地抱怨生活的不公，有人在豪情地讲述着自己人生的精彩。

你要做哪一个？

人生最痛苦的就是后悔当年不曾为了梦想而勇敢的闯荡，最遗憾的便是不曾为了未来注满热血，放手一搏。最需要的就是一个人过一段沉默而执拗日子，沉浸在自己孤独而充满力量的奋斗和努力中。

大学前两年时，自己总是真心对待每一个朋友，在意每一个人的感受，一边努力加快成长的脚步，一边又怕因为自己只顾着向前奔跑忽略了他们。很多时候明明自己已经累得精疲力尽，还是对每个朋友有求必应，明明自己心里憋着很多苦衷无处诉说，还是去尽力安慰每一个前来倾诉的人，只是不想让他们感到被冷落，彼此产生距离。总是努力地维护好每一个朋友，尽力珍惜住每段友谊，可自己却活得越来越累，身心疲惫。

看过一篇有关心理学的文章，文章里说如果一个人过于在意朋友的感受，对任何人都有求必应慷慨相助，哪怕自己受苦受累受伤害也不会对别人说"不"，这种对他人太过无私的性格，其实是一种病态。而这种无私和善良的迎合态度最后伤到的是自己。

在意每一个朋友的感受，注定自己不好受。总是无私的背后通常是内心的痛苦、空虚、矛盾、强烈的迷茫和焦虑，当给予与迎合成为活着的理由时，那人就不再是人了。

过分取悦他人是一种泛滥的善良，更要付出最后由自己一人来承担的高昂代价。而如果一个人太过顺从，不能为自己挺身而出，没有自己的声音，那最后只会受人欺负。

如果一个人总是处于一个逆来顺受和付出的角色，有一天只是因为自己的疲惫实在无法承受而拒绝一次，那么这个人就会一下在别人眼中变成了自私冷漠之人，别人更会指责他"你变了，现在的你怎么成了这样"，这就是人类的惯性思维。电影中那些作恶多端，冷血自私之人在最后做了一件帮助他人的事情或奉献一次自己时，大家便会被深深感动，不禁感叹："原来他是个好人，原来我们都误解他了。"

当大家心中的老好人太苦太累，最残酷的是他会渐渐被大家忽略自己的感受，他逐渐在别人眼中成为了一个没有烦恼和痛苦的无敌金刚，而心里的苦衷只能自己往肚里咽。

总是顾及每一个人的感受，就会逐渐活在对拒绝和失去的恐惧中。时常自我责备却又无力抉择，并且对周围的人患得患失，对人际关系缺少安全感，害怕有一天被孤立，充满自卑和无力感，逐渐失去自我。

这些人明明是你的朋友，可你却因为他们在成长的道路上受到了牵绊和束缚。

朋友，是自己选的亲人。真正的朋友无论在你落魄还是荣耀时都会一如既往地支持你，无论你做出怎样的抉择都会鼓励你相信你，你一句话不说他也会明白你心中的苦闷与快乐。你的苦衷在他面前从来不需诉说，他会在你看不到的地方悄悄帮助你，默默支持你。无论曾经的你是什么样，未来的你是什么样，在他眼里你从来都还是那个最简单的你。

而那些只会在你身上一味索取的人，总是要求你如何的人，远远称不上朋友二字。真正爱你的人，会用你所需要的方式去爱你。不爱你的人，只会用他所需要的方式去爱你。

那些总是说"你变了"的人，只是因为你没有再按照他们所给你设定的轨迹生活而已。真正的朋友永远是无论嘴上如何骂你，可在心里始终包容你的缺点理解你的苦衷，希望你过的好的那个人。不需要每日的酒肉陪伴，不需要那么多的问候和寒暄，需要他时，一个电话，就会走到你面前陪你披荆斩棘。记住那些一直陪伴着你懂你的人，忘记那些说你变了远离你的人。

成长的道路上不要让"朋友"牵绊了脚步，而那些牵绊你的人也算不上真正的朋友，不要也罢。

只有你变得足够强大，才可以保护好你爱的人。这个社会太多险恶和残酷，不走出温暖的校园是不会感受到的。爱一个人不是每日的甜言蜜语和酒肉陪伴，而是自己的发愤图强。你是想多年后看到他们受到伤害时只能坐在她身边陪她流泪，还是想要自己有足够的能力给他们欢笑和保护。

最好的友情，不是陪伴。而是你有足够的能力在他们需要你的时候给他们最大的帮助和支持。

只有懦弱的人才离不开群居的生活，而活在人群之中只会逐渐被同化，磨灭你的斗志，扰乱你的思、放慢你的脚步，打碎你的梦想。

一个人的成就、坚强、睿智、冷静、气度，都是和他所忍受过的孤独成正比的。岁月会强有力地证实这句话。

我们之所以会感到困惑和痛苦，之所以会如此在意身边的朋友，根源都是我们的善良,自私自利之人是永远不会有这些共鸣的,但是如果因为善良而伤害自己,连自己都不懂得爱护那又何为善良。

要回应别人的需求,要尽力去帮助周围的人,但前提是不能为此违背自身意愿。人要学会爱别人,但首先要学会爱自己。

你所有的焦虑,对自己所有的不满意和迷茫,都是因为你和梦想的距离越来越远,和理想中的自己差得越来越多,能改变这一切的只有你自己,谁也帮不了你。你要清楚,成长的路上注定是孤独的,变强的路上注定是沉默的。成长容不得你的等待,更没时间让你踌躇。

去努力地为自己的未来向前奔跑吧,人生就是这样一条充满残酷和矛盾的旅途,我们谁也无法逃避。那些真正爱你的人终会理解你,而那些不爱你的人也自会在这条旅途上被甩下,不用回头也不用叹息,就当是一个自然筛选的过程。人生知己二三便足矣,在意的人太多反而会丢了那些真正爱你的人,还会丢了自己。

我 不 是 谁 的 备 胎

羊乃书

一个人突然联系你了正常,他在找备胎;突然不联系你了也正常,你只是个备胎;有一天又联系你了更正常,你是一个好备胎;接着又不联系你了依然正常,有比你更好的备胎出现了。

做过备胎的人,多少都有些共性:奋不顾身的勇气,锲而不舍的毅力,以及自我鼓励的恒心。

江雪是我认识的备胎中,最牛的一只。

那是大学最后一年的寒假,江雪一个整天连着另一个整天窝在宿舍,昏天黑地赶毕业论文。学院的要求一年严过一年,导师的催促一浪高过一浪,压得人夜夜噩梦。她不打算接着往硕士念,学海之涯近在咫尺,就算是死去活来,也要把学位顺溜地搞到手。

大四了,学校没什么事,还没等放假,寝室的人便都早早离开,剩下每天信誓旦旦要攻克论文却不停追美剧的江雪和在附近实习的我。

好不容易挨到可以睡懒觉的周日，朦胧中，隐隐感到有股温热的鼻息不断地击打着侧脸。一睁眼，江雪掀开蚊帐爬到我床上，五官正以放大一倍的距离杵在面前。

"干吗！"我一个翻身猛坐起。

"陪我去医院好不？"

"怎么啦？"我努力瞪大糊着眼屎的双眼，把她从头到脚打量了好几遍，怎么都瞧不出来一丁点儿生病的迹象。

顶着一头乱草，稀里糊涂地跟着江雪走进医院大门，呵欠不停歇地从绷开的双唇之间蹦出来。这年头，医院比长途汽车站还挤，挂号大厅拖家带口，柱子旁有人倚着尼龙行李袋睡得正熟。

临到江雪："小妹，你挂哪个科？"

"我想查有没有怀孕，该挂哪个科啊？"

江雪轻启朱唇微吐几个字，像是电影院里划破空气的激烈配乐，一语惊醒梦中人。

她的大姨妈推迟了一个多礼拜没来，起初以为是内分泌失调，毕业论文把人逼到这般田地也不是什么稀奇事。早晨，从被窝儿里爬起来坐在床沿，江雪突然感到胃里泛上来一股无法按捺的恶心，三步并作两步奔向阳台，扶着水槽壁，呕了好一阵子。

凛冽的寒风拂过额头渗出的细汗，她踉跄了一下，扶着床弦，缓步回到书桌前，只觉头晕目眩、胸闷气紧，呕吐的冲动再一次汹涌袭来，她突然意识到了什么。

在医院大楼里来回溜达了四个小时，拿到了验血结果。

我汗涔涔地抓着江雪的手腕，江雪紧紧攥着手里的化验单，同时深吸了一口气，看那页纸寸寸展开。

一串数字赫然出现在眼前，右侧是数值对应栏，江雪的食指一行行往下滑，最后停留在了怀孕五周的表征前。

可是姑娘还单身呐，别说男友，就连前男友都没有过，说她怀孕，我宁愿相信她中了八千万彩票。

江雪跟我是发小儿，二年级，我俩都喜欢上了班里的一个男生侯磊。

一周三块的零用钱,俩人都甘愿各省出一半,凑起来给他买瓶百事可乐。

半学期之后,我逐渐厌倦了看侯磊从课桌一侧潇洒地抽出可乐,咕嘟咕嘟仰头灌下的剧情。余下江雪,死守侯磊不放手。

侯磊的活动半径在哪儿,哪儿就是她的圣地。即使中学和大学都不是同一所,江雪也始终把侯磊锁在视线范围内,观察得紧紧的。不过,她总是与他保持着合宜的距离,既不疏离,也不令人窒息。

大一那年,侯磊跟第五任女友一拍两散。

江雪听闻消息,连夜坐火车撵往侯磊的城市。西北边陲,风沙肆虐,去时尚且是鲜活水灵的南方姑娘,半月后回来,风尘仆仆,像是饱经了几世沧桑。

大三那年,侯磊的女友数量攀升至两位数,江雪坐火车的次数也等量上涨。但凡她拿起钱包往宿舍东头的订票点走,大伙儿便知道,那小子又失恋了。

他更换女友像买新鞋一般随性,江雪却次次不马虎,每回都在他最低沉、最急需的时刻,像天使一般降落,嘘寒问暖,日夜陪候。

侯磊不断地拥有新欢,而江雪从来不是旧爱。

每趟归来，江雪都一头栽进方寸之间的下铺，酣睡一天一夜，醒来第一句话必定是问我借课堂笔记抄，忘我地抄个三天三夜。

IC电话卡和火车票在她抽屉的一角积攒了厚厚两沓，我于心不忍，不知她如此伟大的蠢举，要干到什么时候。

凌晨四点，起夜，从厕所回来看江雪还在秉烛奋笔疾书，我走到她跟前，不解地问："就算侯磊那儿是排队叫号，十几年了，怎么轮也该轮到你了吧？"

江雪把笔往本子上一搁，说："你还不了解国情吗？插队的人太多，咱们有素质，不急不急。"

跨年夜，朋友非要听完新年钟声才善罢甘休，被迫在刺骨寒夜跟大拨人流上演出租车争抢战。好容易回到学校，推开宿舍门，屋里空无一人，连一向热衷于宅在电脑前的江雪也不见踪影。我从大衣兜儿里摸出手机给她打电话，通了，却无人应答。

一夜无梦，睡到中午十一点，撑着栏杆往床下一看，蓉城冬日难得一见的太阳，正斜斜照着江雪顺着嘴角流下的哈喇子，粼光盈盈。她面含笑意，和衣而卧，靴子都没来得及脱。

我叫了两份外卖，叫醒江雪一块儿吃，她瞅见是冒菜，立等起身。

我俩辣得嗤嗤倒吸气,想起昨夜未见她,便顺口问了句去了哪儿。

她嘿嘿嘿地笑,说游乐园啊。

医院走道里,日光灯惨白惨白的,我与江雪相邻坐着,姑娘一言不发,我也不敢贸然出声。

四周大多是孕妇,姿势默契,一手从后扶着腰,一手搭在浑圆的肚子上。我心想,不管这孩子是怎么来的,江雪你可别闹别撒野啊,全世界的保安都会来把你抓起来我救不了你啊,可别哭啊,全世界的纸巾借给你都不够使啊。

江雪起身走进科室,把化验单递给医生,我连忙跟上,生怕她出什么岔子。

医生推了推眼镜:"看这结果,就是怀孕了啊,小姑娘。"

"嗯。"江雪沉默着回应。

"孩子要吗?"

"要。"

南方的阴湿劲儿，无孔不入地往骨头里钻，我们互挽着胳膊，从医院往学校走，企图能从彼此靠近的身体里，获取些温热。但一切是如此徒劳，落下的雨，顺着帽檐往下淌，滴到手背，逼得人一颤。

江雪说，跨年那天，侯磊因为探望朋友，身在成都。

我没再细问，一切已心知肚明。

江雪把爱全部给了他一个人，他却把爱分给了无数姑娘，独独没有江雪的份儿。她已经排了十四年了，却还没排上号，一夜欢愉，他头也不转地回了大西北，留下江雪和一个正在萌芽、他却不知情的小生命。

我一直以为自己固执倔强，牛脾气上来谁也挡不住。但遇到江雪，才知山外有山，天外有天。我顶多是撞了南墙才回头，她则是撞塌了南墙继续朝前走啊！

得不到爱会死吗？

不会啊。

昧着心去跟另一个人相爱结婚会死吗？

会啊。

江雪一边写毕业论文一边看着肚子一天天变大，我担心她长时间用电脑辐射太强，对胎儿不好，从淘宝上给她下单了一套防辐射服。她撇撇嘴，不领情地搁在一边，等我把写着金额的发票放在她跟前时，江雪手忙脚乱地套在身上，每天都记得死牢。

毕业答辩后的三个月，孩子出生了。

全宿舍的姐妹都守在手术室外头，像守着一件价值连城的宝物。谁都知道这对江雪来说意义非凡，可没人能说完整，这意义到底是什么。

大伙儿轮流陪她坐完月子，她挥挥手："这半年来太麻烦你们了，都别管我啦，养一个孩子没那么难，我自己能应付，下个月我就去找工作。"

人人都愣在屋里，没人敢真走，江雪顺手操起鸡毛掸子："快走啦，你们都有自己的路，别在我这儿浪费大好青春了。"

姑娘一不做二不休，说轰就把所有人轰走了，可是我们都各自去实现大好青春了，她的呢？

此去一别，难言再聚。曾经蜗居一室的姑娘们，像几颗被老天爷把玩在手的骰子，随手一抛，便零零落落，散在四面八方。

江雪很少主动向我们汇报她跟孩子过得怎么样，偶尔被问起，总是那句"我能应付"，让人摸不清到底是好是坏。

一个二十出头的姑娘，独自拖着个孩子，没个亲人帮衬，谁都能想象，那日子的苦涩必定大过欣愉。

我知道她的住址，掐算着孩子的月份，隔三岔五买几件衣服或是玩具寄去。她收到了，也只潦草地回复一句收到，再加一句感谢："别买了，我快搬家了。"

姑娘从不讲什么矫情的话，多年的坚持，简单得像是进厨房下碗清汤面那么容易，可我多希望从她那儿听到些关于爱情的大道理，最好无限矫情，矫情得能让我胃里翻江倒海一番。

再之后，我出国工作了一年。回来以后，打算去看看她。

虽然江雪老说着要搬家，可我怎么会不知道，这不过是她不愿再给我添麻烦的托词，于是没有事前知会，便径直去了当年熟悉的地方。

敲门声刚落，门开了，我抬头一看，怔在了原地，闭上眼，用力甩了甩头，再睁开，唯恐是自己的臆想作祟，眼前的那张脸，依然确认无误：侯磊。江雪在后面抱着孩子招呼："是你呀，快进来，站着干吗？！"

侯磊接过我手里的大小袋子，局促而尴尬地笑，搁在储藏室里，说出去买些菜，江雪点点头。

门"砰"的一声扣上，我仍旧一脸错愕。

俩人本该同年毕业，结果侯磊又因为跟数不清第几任的女友闹分手闹得翻天覆地，没能如期完成毕业论文。抑郁与失望交织，愤怒难遏，他咬牙切齿，对着窗玻璃一拳重击，阴沉的水泥地上刹那绽开了猩红的图腾。

这时，他又想起了江雪，想起那个总在关键时刻如烂漫雪花飘落身边的姑娘，从裤兜里摸出手机，哆哆嗦嗦给她拨电话。

一遍、两遍、三遍……侯磊把手机从电量满格一直拨到没电自动关机，也没找到江雪。漫天缤纷，转眼乌有。他发疯般狂奔在校园里，风呼啦呼啦地从耳畔刮出轻微的怒吼，世界在眼前碎得稀里哗啦。

孩子会叫爸爸了，比别的小孩儿早好多，江雪一手抱着她咯咯笑，一手冲好了奶粉来回摇晃。她边往客厅走，边听到叩门的声音。

负面新闻看得多，江雪总是充满警惕，独独这回，不知是手头在忙，还是走了神，还没从猫眼往外看就麻利地把门打开了。

门口,侯磊拖着两大箱行李站着。

江雪笑了,轻描淡写地说,住到这里半年多啦,还没人在这儿过过夜呢。

侯磊早已泣不成声,嘴无声地开合,一直重复着三个字。

江雪没哭,她展开双臂,用力将侯磊箍进自己的怀抱,力道大得快要压破胸腔。

是这样,爱求不得,喊不来,你要等,等他幡然醒悟,等他爬出沼泽,等他打包好过往的所有,从此把生命跟你合并在一起。

三人总算是团圆了,一蔬一饭,一朝一暮,日子过得不似童话,却现实得可爱,令人心生欢喜。

十六年,江雪不是先知,也不会占卜,但又像早早预料到了这一幕,于是一路按部就班,不急不缓。

她爱,爱得洒脱干脆,又爱得坚韧长情,旁人看来卑微,江雪自己从不觉得。她潇潇然地走在单恋的道路上,不亡命追逐,不妄自菲薄,不自怨自艾。

她的每个决定都让人无法苟同，可面对她，除了眼睁睁看她把伟大的蠢举进行到底，任何言语都显得无力。

刚怀上孩子的时候，我们都笑她，说这备胎可当得尽职尽责，真给侯磊备了一个胎。

江雪耸耸肩，同样也无法苟同我们，使她看低自己的玩笑话。

守在产房外头那天，中途出来一个大夫，满身鲜红，说江雪大出血，情况危急。我们来来回回买血，拿着病危通知书，紧张得抱头痛哭。后来江雪跟我说，她躺在里头，带着氧气罩，感觉到床上全是血水，头顶的手术灯，那么亮，亮得人害怕，但那光亮，逐渐变成了最明媚的目光，最耀眼的暖阳，最温煦的拥抱。

孩童到豆蔻，豆蔻到花信年华，一切都那么简单，从来都不是备胎，那就不会是，不管侯磊有没有出现在门口，都永远不是。

这种致命的骄傲，使她在喜欢上侯磊的十六年时光里，始终自圆其说，直至这股执着的力量，最终由内而外，松动了坚硬的现实。

我要你有什么用

周文慧

> 我要你有什么用,大概是一个人时候过得也挺好,而你的出现,让两个人的世界更好玩儿了吧。

傍晚一个人坐在楼下的烧烤摊子边撸串儿,对街杂货铺老王兴致正高,手里握着个不知哪儿捡来的麦克"咳咳"两声起了《最炫民族风》的调,烤串大哥一边跟着旋律油滋滋地翻肉串儿一边喝彩叫好,这本是一幅世事清和其乐融融的画面,谁知旁边桌上的一对儿情侣突然吵了起来。

只见女生腾地站起来,指着男生,一字一顿咬牙切齿地说,你,一不带我旅游、二不让我享受、三不给我花钱、四不娶我,我要你有什么用?

男生难为情地看了一眼四周,我连忙抓起杯子佯装喝酒,耳朵却支棱起来想要听他怎么逐一反驳。谁知他嗫嚅了半天,说了一句,这不是带你吃好吃的了么?

他们面前放了一托盘肉串，目测不超过五十块钱，其中绝大部分都在女生这边。从穿着上看，两人应该也是一对刚毕业没多久的小情侣，工资都不高，发了工资只能在路边的烧烤摊子上改善一下生活。女生大约是厌倦这样的生活状态了，在她条理分明、逻辑清晰的指控中男生羞愧地低下了头。一片尴尬的沉默，好在客人不多，大多像我一样佯装认真地撕扯着手里的鸡翅，就着热闹下酒。

几天后我回鞍山，留宿在一家相识的家庭旅馆，早晨起来隔壁房间传来打骂声。女生一边骂一边打男生耳光："我要你有什么用，一天天干啥啥不行，生病了也不知道关心，我要你有什么用！"反反复复就这两句，男生也不还手也不还嘴，只是嘤嘤地哭，这场景太凌乱我没敢往下听。后来跟朋友谈起，说两人已经大四，精力十足，每天晚上打游戏，白天打架，一双奇葩。女生常挂嘴边的一句话便是，我要你有什么用。

我说，既然没用，还要干吗？

跟张先生吵架，也说过同样的话。彼时我们分别已久，只能靠食欲战胜思念。电话里我说我想吃火锅了。

张先生说："那就去啊。"

我说："我不想一个人去。"

张先生说:"那就找朋友一起去啊。"

我说:"我想跟你一起去。"

张先生说:"别扯淡,你到底是想吃火锅还是想跟我一起吃火锅?"

我说:"想跟你一起吃火锅。"

张先生说:"又扯淡,你到底是想跟我一起吃火锅,还是不愿意自己去吃火锅?"

我说:"不愿意自己去吃火锅。别人都是有男朋友陪,会笑话我的。"

张先生说:"那你是去吃火锅,还是去看别人笑话你的?"

我一想,也是。但是还是不服气,我说,那我既然可以一个人去吃火锅,去看电影,可以保护自己,可以强大到不需要你,那我要你干什么?

张先生愣了一下,反问说,那没有我你就不能好好活着了?

我顿时像被点了哑穴。

等我已经完全学会打理一个人的生活，处理好闲暇时间，回头才要想一句，两个人谈恋爱，究竟是为了什么。是因为这世界太凶险，一个人身单力薄，需要有一个人来为你打点一切，好让你的日子不至于太过艰难，还是说，在年轻的时候，我们已经满足不了自己透支的消费欲，需要一个人来帮你刷卡付现？你需要一个人无微不至的关心，细致周到的呵护，需要他月月工资卡上交，自己分文不花，需要他唯命是从，必要时又能化身英雄，需要他带你旅行，一览世间繁华，需要他当牛做马，为你却能一掷千金。

所以相爱，是因为需要对方在物质上和精神上带来的双重安全感，是这样么？

可是，凭什么呢？

凭什么他要带你旅游带你享受，凭什么他要为你一掷千金当牛做马，凭什么他存在你身边的意义，仅仅变成了有用。原本对方没有义务做的，为你做了，是因为爱。可我们有什么权利将这些变成对方的义务呢？

想不明白。

带着一定的标准寻找爱情，带着不低的期望值与对方相处，脑海中已经有了对方应该怎样怎样的预想，当对方做不到的时候便要失望，问一句，要你有什么用。其实不过是将原本好好爱自己的义务转嫁给了别人，将原本应该两个人一同努力的责任推诿给了对方。两个本来应该独立前行的灵魂，因为遇见彼此，相互扶持，前行才更有力。而在质问对方有什么用之前何不问问自己，为这段感情，又做过什么事情。适当的示弱表示需要对方是两个人爱情的调和剂，而过分的要求与苛责是不是却成了自私的体现。两个人在一起，带着加倍的勇气去探索未知的世界，总要好过一个人挂在另一个身上，成为难以前行的负累。如果自己都打点不好自己的生活，有什么资格要求对方来改变自己的人生呢？

我要你有什么用，大概是一个人时候过得也挺好，而你的出现，让两个人的世界更好玩儿了吧。

找到一个人，还是找到一座城

廖方休

先找到自己喜欢的城市再去找自己喜欢的人，还是跟着自己喜欢的人去他想去的城市，这个问题跟鸡生蛋，还是蛋生鸡一样无解，哪一个先找到，全凭运气。

常常会忍不住羡慕在家乡生活的儿时玩伴，他们好像没有觉得外面的世界有多精彩，也并不好奇出门在外会有什么不同的际遇，毕业之后就一心一意回到父母的身边，找份稳定的工作，按部就班进入人生的下一个阶段，每一个阶段。

看着他们每天下班了就在网上开始呼朋唤友，吃饭打牌，而我却还不知道今晚要加班到几点，晚上回到家连一碗热汤都没有。我就忍不住说他们坏话，觉得他们是容易满足的井底之蛙，质疑他们的人生观，想不明白怎么会有人愿意这么虚度短暂的一生，至少年轻的时候也应该使劲折腾使劲作啊，不是吗？

可是看到他们在朋友圈晒约会逗狗哄小孩家庭乐的恶俗照片，周末还会回父母家，做回孩子的身份，骗吃骗喝撒个娇，我就没骨气地好羡慕、好羡慕、好羡慕。

有一天微博收到一封私信，陌生的账号，她自我介绍到她是我高中同学某某某，问我还记得她吗。高中毕业才七年，不至于会不记得哪位同学。只是因为性格差异比较大，她很安静，我很吵闹，所以高中的时候两人并不熟。我客气地说：当然记得啊，老同学好久不见。她说她是看到其他高中同学转发我微博才找来的。她说很羡慕我的生活，感觉过得很精彩，而她从幼儿园到大学，读书都没出过省，她很想离开家乡出来走走看看。我表示鼓励，说趁着年轻，赶紧出来混两年。她回复道：我女儿马上就一岁了。老同学的话乍一听好像有些无奈，仔细琢磨才发现，每一个字里面都是幸福和知足的味道。

知道自己要找的人在哪儿，知道自己要跟那人在哪儿生活，当这一切确定之后，会是什么感觉呢。

我出生在四川的一个小城市，每每回答"打算一直在外面漂着吗"这种问题的时候，我的例牌回答都是：你也知道的……接下来便是早已烂熟于心说了无数遍的解释，这些话曾经是用于自我鼓励的大道理，而这些大道理又是经过自以为严格缜密的SWOT分析得出来的，而这些年每一次咬着牙上坡下坎也都是想要亲自证明这些分析是对的。说白了就是，既然出来了，就想活一口气。

可久了之后，也不知道是不是皮肤松弛老化了，这口气竟慢慢泄掉了。浪漫的人或许只想跟着一个人浪迹天涯，或者守着一座城苦苦等候。而我知道很多人都跟我一样现实，知道不管认命妥协还是努力挣扎，两样都得到才是最好的。

而我很不幸，并没有在这座城市找到这个人。更不幸的是，事到如今我这颗野惯了的心也没法再回家乡，何况那里除了父母，也根本没有人在等我。可我却贪心地虚荣地口口声声渴望着安定。

安定，似乎成为了一夜长大的人追求的目标。无论是曾经豪情万丈要走四方的，还是放荡不羁爱自由的，当收到同龄人结婚的喜讯都会忍不住感慨，为什么别人这么早就把自己活明白了，而自己却还糊里糊涂莽莽撞撞。嘴硬的会狡辩说自己不想被家庭束缚，要过自己的生活，嘴软的承认自己还不知道自己到底想要什么。

我的朋友老夏，我常形容他是为做联合国秘书长在做铺垫，有着美国国籍的他去过印度做义工，去过拉美做记者，还到法国洗过盘子，甚至到澳门做过荷官。在地球上不停来回折腾着，行李箱的轱辘都被他拉坏了好几个。我问他怎么不选个城市安身，就不怕老无所依吗。他说反正又没有姑娘跟着我，在一个城市待腻了就换呗。

当然也会有遇到了另一半却要选择城市的时候，这种情况通常比较痛苦，异地恋最后能圆满大结局的并不多，这是常识。如果都强硬地维护着自己神圣不可侵犯的职业规划，那大多数会选择和平分手，痛苦会有的，不过喝二两小酒就过了。毕竟肯为了一座城市变单身狗，那也是因为自信自己的事业会让这座城市回馈一树的桃花。再不然就只能是一方为自己找了一百个很好的理由，然后千方百计去到另一方所在的城市。

前不久在朋友圈里面看到一个师妹写的文章，大意是如果你爱我，我愿意跟你回家乡。我无法评价爱是什么，于是我留言道：希望你四十岁六十岁八十岁都还能义无反顾，用这种方式来思考爱情。我这是祝福，真的。

独身一人的时候，会不停考虑要去哪个城市，心无牵绊选择自然也会很多。虽然发达城市机会多平台大，可也并不是个个去北上广的人都飞黄腾达了，蚁族蜗居等等这些关键词也总会让一些人望而却步，不想自己过得太凄凉。这些人或许会选择回家乡，而要闯一闯的人还是会一如既往。无论如何，城和人找到了一个也算成功了一半。

而先找到自己喜欢的城市再去找自己喜欢的人，还是跟着自己喜欢的人去他想去的城市，这个问题跟鸡生蛋，还是蛋生鸡一样无解，哪一个先找到，全凭运气。

迷茫就是才华配不上梦想

蓑依

不要迷茫了,把当下的、手头的工作做到极致,前途肯定会一片明朗。请记得:如果需要反省,一定不是在梦想上下功夫,徘徊不定,而是要在才华上卧薪尝胆,反思它为什么不能日渐丰满。

因为写稿的关系,我认识了在杂志社做编辑的女生小陆,工作三年了,依旧时不时地被领导训到叫苦连天,每当这个时候,她都会发狠地说"再训我一次,我就跳槽",又过去了一年多,不知被训了多少次,她还是没有辞职,仍然口口声声"机会一到,马上走人"。

某一天,我问她说:"如果你不做编辑了,你想好去做什么了吗?"她停顿好久回答:"如果我知道我能做什么,早就辞职了。我现在迷茫死了。"

我试着问:"你没有什么特别想做的事情吗?比如说从小到大一直有的梦想。"她不好意思地说:"有啊,我想去做导游,不是国内的这种,而是带国际团的那种。""挺好的啊,为什么不去试试呢?"我问。她噘着嘴说:"你知道的,我英语六级都没过,其他的语种一个单词都不会读,我连哪个国家有哪些景点都不知道,还怎么带别人呢?"我想也是啊,这个梦想虽然听上去光彩照人,但实现起来确实有难度。

好奇的我接着问:"为什么最后选择了做编辑呢?"

她蔫了一样,说:"本科学的中文,又不想做老师、考公务员,自己比较喜欢而且相对来说容易找到工作的就是编辑了吧。当时来这个小杂志社时,信心满满,想着把它作为过渡,等到能力达到了,有了一定的工作年限,就跳槽去一个大点的杂志社,大学刚毕业时,我告诉自己做一个好编辑就是我二十岁之后的梦想,但坚持到现在,我却觉得我一点不适合做编辑,社里来了新人都比我做得好,我作为老职工,却一直遭领导批评。我很纠结,我到底还能做什么?"

最近她把自己的心情换成了"迷茫死了,什么活在当下啊,如果连自己应该做什么都不知道,你怎么就能知道自己现在坚持的就是对的"。说实话,看到这句话的时候,我是挺心痛的。因为我也有过很深的迷茫,到现在也还会时不时地对自己所做的事情感到怀疑,但是我也知道,迷茫是生活的常态,很多时候,它只是才华配不上梦想而已。我们所能做的就是一点点给自己的才华养精蓄锐,在梦想的道路上,狂奔得更快一些,脚踩得更踏实一些。最可怕的不是我们行动得慢,或是才华增长得少,而是我们一直停留在一个静止的状态,每天都在抱怨和厌倦中度过,而从没有为更好的自己做出一点改变。

小陆就是如此。虽然她经常被领导批评,但是我几乎没有察觉到她在努力修正自己的错误,每次都是发心情,抱怨一通了事儿,下一次,遇到这种问题,同样的错误还会照犯不误。记得有一次,我们合作一篇人物专访的稿件,我采访完,整理好之后发给她,她告诉我字数有点超了,我说:"我正好在外地,不方便用电脑,你可以帮我删一下,或者你若是不着急用,就等我回去之后再改。"她没有回复,等我过了几天,打开电脑一看,那个稿件原封不动地躺在我的邮箱里,还附上了几句话:"因为临近截稿日期了,我就把稿子直接发给了主任,主任说字数太多,又把我训斥了一顿,你看到稿件之后,一小时之内一定要删改好发给我啊,我们一定要尽快,否则我就完蛋了。"我当时就惊呆了,与其让这个稿子在邮箱里放上两天,你作为一个编辑删删改改难道就不行吗?编辑难道没有这个责任吗?两天的时间足够改好一篇稿子了吧?

后来,我又听其他的作者抱怨她说:"有一次,忘记了写某个旅游达人第一次出国旅游的时间,其实在网上一查就可以查到,她却非得给我打电话,让我去查,那次,正好没能及时接到电话,她还生气了。"还有作者说:"我拿到样刊后,看到我的文章里有好几个错别字,虽然我有错在先,但是作为编辑帮作者改几个错别字难道不应该吗?"于是,我似乎知道了她为什么一直被领导训斥的原因,也明了了她为什么口口声声说自己迷茫的原因。

她不是被领导和其他人否定的，而是被自己否定的。既然你把做一个好编辑作为今后的梦想和事业，那就应该从点滴开始，按照好编辑的要求来训练自己啊，可是她却没有，说白了，在工作这件事上，吊儿郎当，别说是同事不尊敬她，连作者有些讨厌她了。她所谓的迷茫，就是作为一个编辑的才华，还配不上她想作为一名好编辑的梦想。这怪不得别人，有好几年的时间，可以改变自己来实现梦想，但她却没有让自己的才华和能力，哪怕增长一点点，到最后，只能给自己一个迷茫的定位，艰难度日。

我曾经以为好多人的迷茫是因为没有梦想，但后来我发现我错了，其实，每个人都是有梦想的，这个梦想可大可小，都是值得自己去奔赴的东西。我有一个表弟，从小到大就是不招人待见的"坏孩子"，打架骂人，凡是和坏有关的事情他都会去做。初中毕业后做了几年的厨师之后，突然转行去学习拳击，家里人都说他不务正业，有一次，我问他为什么会有学拳击的想法，他有些腼腆地说："我从小就想当一个健身教练，上学的时候打架，觉得打得过人家，就说明自己力量大、身体棒，长大之后，才知道必须经过专业的训练才可以。我这种野路子出家的人，不知道可不可以，但我还是想试一试。"

才华也是，有大有小。有大才华的人连吃个东西都可以吃出学问来，而普通之人的才华大多数都是小才华，需要付出很多的汗水和辛劳才能取得那么一点点的进步。但即便如此，每天能处在一点点进步之中的人，绝不会迷茫，相反地，那些看不起或者无视小进步的人，才会真正的迷茫；那些对自己的才华不自知的人，才会真正的迷茫。

所以说，克服迷茫的方法，无外乎其他，就是抓住现有的生活，狠狠地向前，努力让自己做得更好，而不是站在那里，仰望天空，抱怨未来的遥远。我想倘若小陆能够认真对待每一个稿件，即便她的起点很低，三五年的时间内，也足够完成一个华丽的转变，而不是像现在一样，如同刚刚大学毕业的学生一样，抱怨生活的艰难和工作的不适。

如果你有大才华，就去追求大梦想；如果你觉得自己的能力有限，才华也不够支撑起你的野心，那就安静下来，扎进小的失败和挫折中，汲取营养，如果不能成为豹子，那就成为一只漂亮高贵的梅花鹿也是好的，起码人见人爱。

不要迷茫了，把当下的、手头的工作做到极致，前途肯定会一片明朗。请记得：如果需要反省，一定不是在梦想上下功夫，徘徊不定，而是要在才华上卧薪尝胆，反思它为什么不能日渐丰满。

你辣么努力又怎样

周文慧

很多事情，做不到就是做不到，做得不好就是做得不好，不管你投入了多少时间、心血和精力，世界只认结果。

妹妹刚念大学，有天看她发状态，大意是说，两千字的作业，写到凌晨两点多。

下面一大片回复，放眼望去，全是不要这么辛苦啊，要爱惜自己身体的声音。

不知道为什么，我脑子里蹦出的第一个字是，蠢。

这家伙明明上午才睡了两节公修课。

自己念大学的时候，也常常这样，有时候边玩手机、边写东西到清晨，或者期末考试突击，一边刷网页一边刷题，然后在黎明升起的时候发一条布满血丝的咆哮贴，潜台词是，你们看我辣么努力！然后便有小学弟小学妹一脸崇拜地留言，学姐你好辛苦，好拼命，都不用睡觉的么，我要好好向你学习。

我呵呵一笑，作高深状。

真相是，我都是白天上课的时候睡。

回头想想，骗骗别人，挺容易的，骗骗自己，也挺容易。

有些话说着说着自己也就信了，于是自动修改了记忆里的偏差，比如连续一个礼拜熬夜做PPT，比如彻夜不眠才赶出来的论文，大部分看起来努力到要吐血的状态，其实不过是懒癌加上拖延症晚期并发的结果。然而回忆起来，毕竟有大量的时间投入在里面，哪怕结果并不如人意，自己也可以安慰自己说，没关系啊，只要努力了就好了呢。

就好像努力是可以用时间量化，且与结果成正比一样。

毕了业发现，咦，世界不吃这套。

很多事情，做不到就是做不到，做得不好就是做得不好，不管你投入了多少时间、心血和精力，世界只认结果。

我从前觉得挺残酷的，现在无比认同这个规则。

有段时间要给部门做一个PPT，我心想在学校时好歹做过，还参加过比赛，小小一个宣导文件，20页不到，又岂能难得住我。

于是尽心尽力地做了，又搜了很多相关的材料图片，精心排版，细细修饰。

交上去，大boss没直接评价，而是指派了公司做美工的同事给我当PPT老师。

当头棒喝，闷棍打脸。

当然现在看当初的那一版，不管多少心血化成香水喷在上面，都掩盖不了它一坨屎的本质。

后来我自己做工作室，接了个台历的活，我这边联系到印刷厂，第一次合作，约了面谈。

对方做业务的是个年轻的小伙子，周末坐了很久的公交车来。

人很随和，态度也好，只有一点，不专业。

随口问了几个问题，回答都是吞吞吐吐，模棱两可，或者说要回去问问再给我们答复。带来的资料毫无说服力，何况只带了最基本的一份，稍微多一项的选择都没有准备。

心里想着他跟我差不多大，也许也是刚入行，需要磨炼。

于是决定给他一个机会，先印个小样看看。

小样印好了，他又坐很久的公交车送来，结果客户不满意，他给我打了好几个电话争取，无果。

最终还是坐了很久的公交车把小样拿回去。

很多时候想起他，想起他笨拙却努力争取最终失望的语气，特别像当初那个想做婚礼策划的自己，很想很想啊，在面试官前很努力地推销自己，可是这种努力又有什么用呢。每个行当都有自己入行的规则和标准，凭什么态度就能决定一切呢。

2014年好像是个情怀满满的年份，青春和梦想的大旗被高高举起，没有个二两青春追忆、三斤梦想打底，都不好意思出来混。其实，喜欢做的事情就安安静静去做就好了，真的不需要一遍一遍地强调，实现这些有多难。我有时候会想，会不会是自己夸大了这个世界的阻力呢，真的有那么多人对你的梦想妄加评议，横加打击么，也未必，我看到的世界，大多数人都懒得理你。只有你自己心里住着个小人，每天负责粉饰回忆，脑补出各种各样的苦情戏感动自己。

在我看来，一部电影，不管投入了多少人力物力财力，烂片，就是烂片。

一部小说，不管作者身世有多么坎坷，际遇多么悲惨，差评，就是差评。

总之，我还是喜欢那个简单粗暴的世界，实力就是一切。

除了你，其他人都挺努力的

蘘依

人有很多本性难改的东西，比如只有当失败、不如意时，才会放眼观光周围的人事，而当生活如常、平静如水时，总是混混沌沌，每日上班、下班而不再去反思当下的自己能否做得更好。

现在打开朋友圈，每天都有人在遗憾地说："今天又睡到十点，早起跑步的计划泡汤了。昨晚一直在刷微博，给自己安排的读书两小时的计划没有执行。今天周末，出门踏青去了，本想晚上回来写完明天要交的稿子，但现在浑身无力，明早再写吧。"我相信每个人在做计划的时候，都是有着美好的、激动人心的夙愿的，可无论这个夙愿多么现实和有成效，比如跑步可以减掉身上的赘肉，都无法改变他们的懒惰、拖延的状态。长久观察之后，我发现，这种人一个月里至少得有四五次这样"遗憾"的表达，我甚至能想象他每次向别人诉说时的愁眉苦脸，可不管当时是如何地谴责自己，到头来，还是改不掉身上的坏习惯，一而再再而三地做不到。

我大致就把这类人归为不努力的人群。无法想象一个对自己严格要求的人，每天都活在一种自我谴责中。而纵观周围的对生活满意度高的人士，他们没有一个人是允许自己一次次地拖沓、无聊和懒惰的，相反他们抓紧了分秒的时间去做有意义的事情，只给奋斗找时间，不给空虚留时间。

在我的微博上，有一个名叫"每天打鸡血"的分类，开微博三四年的时间，我每天不管多忙多累都会刷一次这个分类上所关注之人的更新。到目前为止，我微博上关注了近千人，但这个分类里最多的时候，也只有五个人，在这五人之中，又只有一个人是我几年里从来没有间断关注的，她就是专栏作家、北京交通广播电台的主播麻宁。相比较那些明星大佬，她没有那么风光，但也因为如此，她让我体会到了作为一个普通白领应该有怎样美好的生活状态，她的日常生活距离我们如此之近，以致每个人都可以学习。

她出生在河南鹤壁，在中国传媒大学读的播音主持专业本科，因每年成绩都是第一，顺利地被报送到北京大学攻读研究生，毕业后，做了交通台的主播。很多人说，优秀是一种习惯，在她这里，算是有了很好的注解，学习上如此优秀的她，更是生活的好手。

给我印象最深的是今年她写的一条微博，她这样写道"为了充分利用时间坐着23时55分的红眼航班回来，一夜没睡。今明两天上直播，同时还要在31号之前完成这么多事……但是居然只用了一天就基本都做完了！剩下的两件事也都会在一天之内完成，我真是太感谢自己没有拖延症了！"她所谓的"只用一天的时间都昨晚的事情"包括：完成《时尚新娘》的专栏、《年轻人》的专栏、物业费、车险、送干洗、给爸爸电话、拷照片、提供父亲节采访资料；"剩下的两件事"是办签证和《女友》专栏。大家可不要忘了，她是坐夜班飞机回国的，第二天没有倒时差、没有躺下休息，竟然还顺利地完成了这么多事情。作为一名写作者，我深知写作是一项脑力劳动非常大的工作，她竟然还顶着疲惫写完了两篇专栏，于是，我似乎明白了，为什么她可以，以20多岁的年纪，在北京买了房，有了车。

这当然不是偶然，即便她的微博不展示她今天做了什么，你也会从她的只言片语中看到她勤奋而快乐的生活状态。最近的一条微博，她写道："7点到8点写专栏，9点到17点上节目，19时30分到21时10分东宫看《最后的晚餐》，21时20分到22时30分三联采访。"不管工作如何劳累，如果有好话剧，她一定抽出时间来看。

所有看过麻宁照片的人都会觉得她好美，那种美不是五官有多么妥帖，身材有多么棒，而是她的脸上没有一丝懈怠、一丝无趣，整日都是神采飞扬的，她有一双感染人的眼睛，让每个人都愿意和她一起，成为更好的自己。没错，精进的人都挺快乐的。

如果说，你们觉得麻宁名校毕业的光环，会让她觉得有种最初的优势所在,还不足以激励你那颗已经懒到扔块石子都不会起涟漪的心湖,那么,我就用块石头砸向你,让你有些稍微的摆动。

我有一位"忘年交"前辈,他叫周智琛,媒体圈的人应该都知道这个名字——国内最年轻的社长。1980年出生于福建泉州,2003年7月毕业于华侨大学中文系,毕业之后,通过各种招聘和考试,进入南方报业传媒集团;2006年3月,不到二十六岁的他,离开南方报业,而出任东莞日报社执行总编辑;二十八岁创办《东莞时报》;2011年8月,到云南《都市时报》出任社长、总编辑,时年三十一岁。

对很多人而言,二十二岁到二十八岁这六年,是人生中最黄金的几年,这几年中你的努力程度,会直接决定你的中年和老年将会以一种怎样的状态度过,我想周智琛是深谙这个常识的。2011年,我有机会参加他举办的首届"都市时报"青年记者训练营,从全国四百多名本科生和研究生中,选出二十名学生去参加,提供食宿,还有稿费可拿。虽然我早前就听到过关于他的故事,但是当我真正和他接触起来,才知道他之所以成为他的理由。

白天时,他的办公室很少开着门,他要去参加这个会议、那个活动,他算过一天辗转三四个场合是常事儿。你如果想要找他,最好是在晚上十点半之后,八九点是他最忙的时候,他要签版。十点半之后,如果有同事来访,他便泡壶清茶,和他们聊天谈心;如果没事儿,他便关起门来读书，他的办公室里有很多好书，大部分他都读过；他晚上很少回家，基本都是在办公室的沙发上睡。他经常在飞机登记时间结束的前几分钟才能到达机场；有时，在办公室吃顿有红烧肉的外卖，都要在朋友圈里炫耀一下。他完全没有一个报社社长的架子，他的吃穿住行都是围绕着工作进行，怎样方便工作，就怎样做，好多次早上我去办公室时，在楼道里遇到他，他都是头发直立，脸都没洗。

很多同事建议他说："能不参加的活动尽量不需要去了，每天这么累，不值得。"他这样解释到："人哪，总是会恶性循环和良性循环。你把这件事做好了，就可能件件（事情）都会做好。如果一件事做不好，那么（件件）事情都做不好。如同读书，比如你今年获得了'三好学生'，可能明年国家奖学金就光临你。做工作、做人也是一样。"

他最近做的一件事情是深圳大学邀请他去做答辩委员，按照常规来说，就是在学生讲述完自己的论文思路和写作过程之后，给出一些评价或者指点就可以了。但他做的是在《深圳晚报》用8个版，展示了这些学生的毕业作品，他说他要给这些优秀的学生最高的礼赞，为青春加油。他努力把每一件有意义的事情都做好，当其他的报社同仁都在为某一个选题而兴奋不已时，他从日常生活的各个小的环节入手，发现它们的闪光点，一个个小的选题的光彩，让他这个总编辑也越走越远。

他说："我这个人有个小习惯，闲下来的时候会找出以前的照片,看他的眼神,看他的脸相,你会发现有一阵子你的状态非常好,眼神会比较清澈、平和,有一阵子又会比较涣散,眼神就比较乖戾。从眼睛里面是可以看出东西的,相由心生。这也是我一个绝不会放弃努力的原因,我希望我整个人都能由内而外有种号召力,感染我的同事。"

我相信他每一天的"挑战自己工作极限"的努力,便是他成为周智琛,而不是三四十岁还在做"媒体民工"的普通记者的原因。

人有很多本性难改的东西,比如只有当失败、不如意时,才会放眼观光周围的人事,而当生活如常、平静如水时,总是混混沌沌,每日上班、下班而不再去反思当下的自己能否做得更好。

有数据显示,玩微博的人中,有一半以上是月工资3000元以下的普通白领和身无分文的学生。倒不是说微博不好,而是倘若一个人花费很多时间刷新微博、沉浸于微博的各种段子时,也就意味着很可能这部分时间没有得到高效率的利用。

我有一个理论——"低端的人"都偏爱输入(输入:每天花很多的时间去吸收各种信息),而"高端的人"更偏爱输出(输出:把自己的思想和所收获的传递出去),因为输出比输入要累很多,它多了一个反刍、咀嚼和表达的过程。

前几天，我看到一个懒散惯了的朋友，给自己定了一个新的目标：每天在"知乎"上回答三个问题，周遭的朋友都恨不得给他点 32 个赞。不管目标大小，只要我们不荒废时间在长时间的睡觉、整夜的打游戏和数个小时的聊天中，我们都能感受到善用时间和努力的力量。

所以，每当无所事事的时候，你可以在心里默念一遍"除了你，其他人都挺努力的"，我相信，你立马就可以找到要做的事情。对我来说，还挺管用的，希望你也是。

先 幸 福 ， 后 出 息

刘小甜

> 在做选择时，先尝试努力坚守内心选择的幸福，再奋斗去遵从环境意味的出息。

一直想为睡在我上铺的姑娘写点儿什么。首先是因为，北大不允许男女混住，故睡在我上铺的并非兄弟；其次，在当前的生活词典中，"姑娘"比"兄弟"，简直要引人注目更具魅力得多。

当然，还因为在朝夕相处的日子里，她带给我很多。

很早之前跟她说要为她写篇东西时，她笑嘻嘻地说，不准讲我坏话噢！

1

这个姑娘，是枚香港女孩儿。她叫Elka。

起初，我以为香港的孩子，尤其是似她这番出类拔萃的姑娘，生长在香港这片生活步伐极快的东方明珠中，每日里看鳞次栉比华灯璀璨，乘坐高速快轨或双层巴士在川流不息的人群中涌动，穿梭于各种高耸直挺的摩天大楼。在这座商业气息浓厚的城市里，她接受着国际化多文明的精英教育，当面临一件事情的时候就会如电视里神探夏洛克那番，脑海中盘旋环绕上升着一串串的符号、数字与公式并最终梳理清晰顿悟得解。

Elka 说，在香港，凡是像她这番好成绩的学生，一般都选择金融或医生。

只是，"我不喜欢。"她说。

事实是，每当考试周大家都在昏天暗地复习到头昏脑涨的时候，只有她，嫣然一笑道，真开心，终于停课了，真是轻松了许多呢。并在考试周的时候更加投入经营自己的小事业，悉心侍奉书桌、窗台上的花花草草，坚持不懈地前往教堂进行祷告，或者弹弹琴，唱唱歌。一时性起真的要复习考试的时候，她便会抽出一天半天的时间在复习材料的白边上画满了可爱的小符号。我从未听过她炫耀过哪一门成绩很高，或者抱怨某一个老师不厚道，甚至觉得与她讨论分数，会亵渎了她嘴角上翘的微笑。

她有着自己的钟爱的"事业",有自己一如既往的梦想,并始终坚持不懈、孜孜不倦。《沉思录》里说,时时关注自己内心变化的人是幸福的。按照这种说法,Elka 则是幸福到了极致的人儿。

看完《冰雪奇缘》,当即兴冲冲地跟 Elka 讲起这个电影。我说,你们两个人名字很像。并且,都是不为外界所动,沉浸在自己幸福中的人。

电影里,Elsa 潜藏的巨大能量从小便被不合理地压制,并被世人质疑为邪恶的女巫。当她被如此多恐惧、敌视,甚至仇恨的目光驱遂出城堡后,之后的故事情节完全走偏了我对于迪士尼童话一贯打法的认知。我以为,这个公主不为世俗所容会郁郁寡欢每日里以泪洗面,等待着一个风华正茂玉树临风、爱她爱到极致的王子前往冰雪深处进行拯救。一个吻,化解了 Elsa 的巨大能量,最后皆大欢喜。

而答案是,我猜对了皆大欢喜的结局,却猜错了过程。Elsa 努力做"好女孩"未果后,走出世俗对她的要求与期望,最终如心所愿、不复为外事所累,为自己打造了一座酣畅淋漓的冰雪王国。

高山之巅,风花雪月,千里冰封,奢华转型。

It's time to see what I can do

To test the limits and break through
No right, no wrong, no rules for me
I'm free.

听这首歌，大有一种风雨无惧淋漓尽致脱胎换骨之快感，让人顿时热泪盈眶。

在电影中，The perfect girl is gone. The deepest and trust self is returning.

在现实里，Elka 借给我的第一本书是——《与精英价值说再见》。

曾子墨身心俱疲地离开投行后，在书里写道：在一刹那冥冥之中受到了上天的点拨，突然大彻大悟。投行不过是众人眼中的一道光环，为什么一定要牺牲自己的快乐，去点亮别人眼中的光环呢？

Elka 早就明白这个道理，她一直沉浸在自己的快乐中，成为点亮自身幸福的光环。她说，人生这么短，要捡着自认为有趣的事情先做。我们不能将评判幸福的权力交予外人。

从小到大，我们受到的教育是，"以后要做个有出息的人"，而很少有人教我们"做一个幸福的人"。

而 Elka 说，先幸福，后出息。

诚然，生活在当下社会中，我们不可避免地受到外界眼光与评论的影响，为了更好的生存、生活，我们也不得不做出选择并付诸努力，打造出适应社会导向的自我。只是，在遵从环境意味的出息时，多想想如何坚守内心选择的幸福，如何坚守最真实的自我。陆铭教授说，一个成功的人，其实不在于他有多聪明，而在于他首先拥有了一种气质，为自己所爱的事业而工作。我愿学生们在任何时候，都不要忘记了去养成这种气质。成功不是计算来的，不是被别人说出来的，而是在简单的快乐和坚持中不期而至的。

我也想成为这样简单的人，而不是斤斤计较究竟有几分成功的人。

2

新闻上说，成都男子反对女儿上大学，认为做生意比大学生赚得多，捡垃圾都比读书强。他宁愿资助女儿做点小生意，也不愿"扔几万学费进去打水漂"。

我哑然失笑，若有所思。因为这个父亲所说，并非全无道理。

依然模糊记得北大未名 BBS 上曾经有过这样的热点话题，大致意思是,这位发帖学子研究生毕业后在首都找到一份较为称心的工作,然而他的母亲告诉他,曾经他那没能考上大学的同班同学自己做生意,六七年间已经身价大几百万。他的母亲言辞之中充满了对他的抱怨,并为此质疑考上大学的价值与意义所在。

当然也有人说了,不要以投机的心态看待教育,不要从功利的角度来衡量学习,不要裹着浮躁的情绪去评价大学。但转过头来,"教育"在我们的生活中,似乎从未扮演着完全纯粹的角色。在教育的字眼里,功利的色彩时隐时现。努力奋斗过中考、高考,继续接受高层次的教育,再找一份好的工作,最终过着美好幸福的生活,这一连串水到渠成的过程已经或多或少成为人们的共识。而曾经的我,也是如此的坚信不疑。

没错,教育是带有功利性的,教育本身是作为一种投资行为而存在的。一个家庭为孩子投入了大量的资金,以期获得未来的收益。而这些收益,往往以社会最普遍的价值导向来衡量。"月薪是多少?""开的什么车?""在哪里买的房子?房子多少平?"……

周围大多数同学都大致如此,我也毫不例外。我们对物质上的收益汲汲以求,并果真用这些问题的答案衡量自己存在的价值。

而我的幸运,在于在北大遇见一枚这番的舍友,遇到了其他尽管为数不多、却与众不同的他们。

他们，可以因为保研到了并不喜欢的专业，而放弃保研机会毅然踏上考研战场；他们，能够放弃令世人垂涎、就业前景风光无限的金融企管，选择投身史哲潜心学术；他们，会时常被身边的人，甚至亲朋好友定义为"不务正业"，但最后把自己的艺术影视成果推到了中央电视台；他们，可以离别高薪的工作，来到美丽中国的支教讲台，真的美丽着中国。

当然，这并非说学习经济金融、企管会计等热门专业就是追逐潮流、趋炎附势。身边一个姑娘修了经济双学位，她对经济学的珍视与热爱同样让我自惭形秽。爱己所爱，他们用内心安静淡然、潇洒自我的一面帮我洗涤着浮躁与功利，帮我增长学识与人格。

钱理群先生说，北大在培养着精致的利己主义者。没错，或许这其中也包括着我。但北大也有他们。尽管为数不多，但因为这些人，北大在我心中，仍旧是一块圣地。

3

爸爸睡眠很短，每天早晨五点钟醒后，往往去广场打打篮球，或前往公园溜达一圈。

可这天清晨，外面淅淅沥沥下着的小雨使爸爸没能外出，他就在屋子里面晃荡。我也不知怎的也一个激灵就醒了。爸爸听到我屋里的动静探出头来，说，儿子，我能跟你说会儿话不。

他坐在我床边，说了很多掏心窝的话。犹记得昏暗的屋子里爸爸那闪亮闪亮的眼睛，记得他跟我说，"儿子，等你到了爸爸这个年纪就会知道，我们从来不会后悔在年轻的时候做过什么，只会后悔在年轻的时候没去做过什么。"

[每次写到老爹对我谆谆教诲的时候，总有娃蹦出来问你究竟是男的女的。我是姑娘--！但我爹爱叫我儿子好吗]

同时认识着另外一个姑娘。

她曾经不止一次地跟我说，小甜，如果我成绩并不很好，或许就有机会更好地学习绘画了。如果重新选择，我就去做个艺术特长生，考个美院，然后每天嫁给画室足不出户了，哈哈。

我往往会笑着狠狠拍她一下，说她站着说话不腰疼，饱汉子不知饿汉子饥。多少人羡慕她的学校与专业。

而她却说，报学校与专业的时候，一心想的是如何让分数不吃亏，而并非去想如何让自己的幸福不打折扣。当多考出的分数成为桎梏时，当四年大学生涯中由于种种牵绊难以做出实质性的改变时,才是真正的身陷囹圄走不出来的围城。

正如张泉灵在北大毕业典礼上所说:"常有人说,做喜欢的事并成为事业是奢侈,没几个人有这幸运。如果,你考大学时选的专业不是你喜欢的,而是你父母喜欢的;你的选修课不是你喜欢的,而是拿证多、学分好得的;你求职不是挑你喜欢的,而是待遇好的,请问,你选择时从未拿喜欢当事,凭什么你会从事喜欢的职业呢?"

燕园很大,每年新生入学的时候,都会有殷勤的师兄和善良的师姐带着小朋友们去买新自行车,造福我们在这个园子里的各种快节奏。但 Elka 说,香港的骑自行车就像大陆的游泳项目似的,并非人人都掌握的必备技能。但大一初入燕园之际,她也随大流买了一辆自行车,并尝试学习骑行。四十五楼前,小伙伴在车后手握后车座紧随,稳住自行车以帮助她把握平衡。

但来回骑了几次后 Elka 仍旧找不到感觉。未果而返,她也丝毫不在意。

没能学会骑自行车,她便索性踱步校园。漫行在秋日里铺满银杏叶的羊肠小路,感受着微风拂来未名湖面荡起层层涟漪,途径历经风雨始终屹立不倒的古朴红楼,穿过沐浴百年沧桑而透露着从容的百年讲堂。

没错没错，就是这样的一幅画面——

讲堂前的广场，Elka背着重重的书包优哉游哉地走过，她的身边"唰"地蹿过几辆匆忙凌乱的自行车，愈加凸显出这背影，娇小可爱，淡然沉静。她行走着自己的步伐，沉浸在自己的幸福中久久无法自拔。

谨以此文献给睡在我上铺的菇凉，感谢她，以及她对我的影响，洗涤我内心的急功近利。

愿我能如她，先幸福，后出息。

并非忽视了生活压力，也并非说出息不重要，只是在做选择时，先尝试努力坚守内心选择的幸福，再奋斗去遵从环境意味的出息。

贫穷不可怕，贫穷的思维最可怕

袭依

贫穷的人总爱谈论这个世界的不公平，可归根结底，那都是自己一次次选择的结果。如何在有限的物质基础上，做出最大的成绩，才是我们真正要思考的，而不是只想着如何去丰富物质财富。

我有一位大学同学，刚开始认识她时，只是觉得她这个人性格真好，会照顾人、不发脾气，关键是沉得住气。深入交往之后，她告诉我："其实，我性格好，最主要的原因是我自卑，生怕得罪什么人，所以，只能对所有人都好。"我问："为什么自卑呢？你学习这么好？"她有些不好意思地说："我家很穷，上大学来的钱都是借的。吃不好、穿不好，尤其到了大学，看到那么多光鲜亮丽的人，觉得自己卑微极了。"也是，学校里几乎每个人都有笔记本电脑，大多数的人也已经有了智能手机，而她，电脑没有、手机没有，她联系外界的唯一途径就是道听途说。这样的好处是她可以全身心地投入学习，她做得也相当不错，每年都能得到国家奖学金。第一次听到她拿奖学金的消息，我比她还要高兴，我暗自思忖，她可以把这些钱拿来买一台普通的电脑，或者买一个智能手机，这样，她就可以上网了解外面的大千世界了。但结果是一年的时间过去了，她什么都没买。

有一天，我问她："你的奖学金怎么花的啊？"她一副惊讶的样子说："怎么花？还账还来不及呢？除了学费以外，还有我爸妈过去借的钱都得还上。"想想也是，借钱的滋味不好受，先还上也是不错的方案。等到第二年，发了奖学金，她的生活依旧没有什么起色，闲不住的我，又问她钱怎么花了，她有些骄傲地说："我哥哥结婚，买房子缺钱，我把一万多块钱给他了。"我气急败坏地说："如果你哥哥没有你那一万块钱，是不是就买不起房子了？"她说："当然可以买得起，只不过还得借别人的，我有钱，先给他就是了，又不用还。"到第三年再发奖学金时，我没有再问她。

大四那一年，她决定考研。学习这么优秀，而其他的技能都没有，好像也只有考研这一条途径了。考研需要买报考学校的真题，因为那个学校保密比较好，所以网上的试题不多且不全，通过一些辅导机构是可以买到的，只不过价格贵很多。她愁眉苦脸地对见到的每个人说："怎么办，真题都找不到。"别人劝她说："花二三百块钱买一套得了，多省事儿。"每次她都说："太贵了，买不起呢。"于是，她花了一个多月的时间，每天去学校的电子阅览室，七零八落地找全了资料。她觉得这是一件很有成就感的事情，用一个月的时间省掉了二三百块钱!

　　考研结束,她的成绩在边缘上,只能等复试通知下来。按说,在这种时候,你得一刻不停地盯着电脑,刷新页面,看有没有最新的消息出现。可她没有电脑,很不方便,只能有空的时候就去学校的机房去看看。那一天,学校出了校内调剂的信息,但是下午两点出的,让四点之前就得把信息发过去,也就是说你必须在两个小时之内完成。午睡后,我醒来时,在考研网站上看到了这个消息,当时已经三点半了,我给她打电话,她说她在自习室,没有看到。然后,我给她招生办的电话,让她直接先报上名,没想到的是,名额已满,就算分数再高,因为时间晚了,也不行了。她哭得昏天暗地,埋怨学校给的时间太短,却没有想过:在那个关键的节点,及时得到信息要比多学几个知识点重要得多。

　　幸运的是,因为分数高,她有好几个很好的学校可以调剂。她选择了北京的一个,然而面试时被刷了下来。我说,你再尝试几个吧,那么多好学校可以去呢,她的第一反应是:"去北京这一趟,花了五六百块钱,还失败了,白花了。再去别的学校,花了钱,再考不上,怎么办?"这是什么逻辑?在未来和金钱面前,她最先考虑的就是金钱,此时的她,似乎忘记了一年的挑灯夜战以及白白浪费的那么高的分数。当时我想,也许她可能读研的欲望没有那么强烈吧,放弃也未必是件坏事儿。

毕业之前，她一直在准备考她老家的教师。聊天时，我说："当老师挺好的，可以解决家里的负担了。"一向稳重的她，突然说："我可以一边上班，一边考研吗？"我很惊讶："你既然那么想读研，为什么当时不选个学校？或者，你就留在学校半年，全身心地备考就得了。工作了，哪还有时间复习啊？"她依旧用钱来回答我："在学校还要花钱，当上老师后就会有工资，可以养活着自己再考啊。"想想也是，如果没有钱，毕业之后真是挺不好意思再花家里的。

后来有一天，她的钱包被偷，我问："你的银行卡在里面吗？"她说在。我随口又问："里面有钱吗？"她说："有，但小偷应该取不出来。""为什么啊？""里面的五千块钱，我存的是定期，不容易取出来。"然后，我就瞬间石化了。

如果五千块钱没有存定期，如果五千块钱可以花，那么就不用花费一个月的时间去找资料了，用这一个月用来备考，可能分数就会多几分；就可以多去几个学校复试，说不定，能去个比第一志愿更好的学校；就可以不用跟家里要钱，在学校继续备考半年，全身心投入，一次成功了；当然，更可以买个哪怕几百块钱的智能手机，刷新一下网页，就不会错过调剂信息了。

我们老家评价这种人就是"穷怕了"。因为穷过，所以做什么事情都是先考虑钱的问题。殊不知，越是先考虑钱，越是丧失了赚更多钱的机会。

我身边还有一个比她贫困很多的好朋友，学习不如她，奖学金也不如她拿得多。但是他把这些钱全用来投资自己了。那一年，他决定考北京电影学院，他把所有的钱都拿出来，去北影上了很贵的辅导班，坐火车来往于学校和北京十几次，然后一次考中。现在，他写一篇影评的稿费至少一千多，一年以后，基本上就可以有剩余的钱补给家里了。很多人说像北影、中戏这种学校得是富家子弟才能上的，但是我这个穷得很彻底的好朋友，一点都不畏惧，硬是凭借一己之力，完成了自己的华丽转身。

贫穷的人总爱谈论这个世界的不公平，可归根结底，那都是自己一次次选择的结果。如何在有限的物质基础上，做出最大的成绩，才是我们真正要思考的，而不是只想着如何去丰富物质财富。一个再富有的人，如果没有阔大的格局，也会有衰败的一天。格局的大小，在很大程度上就决定了我们人生会有怎样的走向。以少胜多，才是大本事。赚钱比省钱重要得多。

"金钱至上"固然是贫困思维的一种，但还有一种根深蒂固的贫困思维方式，那就是"仇富"。

前段时间，网上流传着一个帖子。一个女生控诉宿舍里另一个富有的女生，列举的不满主要是："大一时就用着苹果电脑和苹果手机，简直就是在炫富；男友开着车来接她，真是不要脸；去大商场购物后，把购物袋放在桌子上，就像是故意摆给我们看；花钱如流水，一件衣服的价钱都赶上我们一个月的生活费了……"整个帖子里对那个女生恶语相向，宣泄着各种仇富的心情，穷人看富人什么都不顺眼，似乎成了天经地义的事情。这位正在上大学的姑娘，或许还不知道，毕业之后，她会遇到更多更富有的人，有时，他可能是你的邻居、是你的同事，甚至是之前不如你的同学，那日子还怎么过？

如果你的心态是错误的，那你眼中的一切肯定也好不了哪里去。倘若，我们换种心态呢，日子是不是会好过很多。比如，她用的是苹果电脑和手机，我们是否可以借此多了解一下乔布斯的成就，有哪些有趣的APP，它和其他的品牌有什么不同，宿舍有一个人使用不同牌子的手机，在我看来是好事儿，总比大家都清一色地用三星好；比如她买衣服都是名牌，我们女孩子是否也能借此来了解一下各种女装品牌，说不定将来我们去参加晚会时，就用得上那个牌子的晚礼服；再比如她每日都化精致的烟熏妆，我们也可以跟她学一下，出了大学之后，就不太有人愿意教你这些了。既然生活已经做了这样的安排，与其仇视，不如学习。人都有好的一面，能够在不同的人身上都能学习到对自己有营养的东西,这才是能力。

贫穷会很轻易地让一个人的眼光变得倾斜,但贫穷也很容易塑造一个人。关键是不要沉浸在贫困之中,用贫困的思维来思考一切。任何时候,都要记得:唯一摆脱贫困的方法就是学习,从各种事情、不同的人身上学习,给养自己比什么都重要。

归 去 来

羊乃书

据说，人在离世的时候，会先经过一条漫长的隧道，里面漆黑一片，彻骨冰寒。要一直走，一直走，一刻不停地走。然后在隧道的尽头，迎来一束温暖的光，如水般覆盖周身，拭去沿途经受的黑暗、寒冷与孤寂。光晕层层叠叠包裹着他们，护佑向前，穿越重重雾障，获得新生，最终抵达岸之彼端，不复归来。

"项老师好！"

"你谁啊？我不认识。"

老项绝顶认真的神情摆明不是在开玩笑。没错，新学期第一堂课十分钟后才开始，他怎么会认识我呢？不过，这个非常规的回应把我噎在教室门口，呆立了好一阵子。

古代文学的必修课，是学院教务处排定的时间跟老师，也就是说，对于老项，我除了默然接受以外，连说"不"的机会都没有。

老项一身朴素夏装，拎个破烂公文包，趴在走廊尽头的窗户上，投入地抽烟，烟圈连绵不绝地飘过头顶，连背影都表现出极致扭曲的享受。上课铃聒噪得像大楼爆炸前的最后预警，老项深吸一口，惋惜地掐灭烟头，夺门而入。

九月的蓉城秋之将至，金风乍起，夏日灼热的阳光，在季节的散场舞里，故意拖沓着脚步。

"你们怎么都来上课了，这么好的天气，都给我出去晒太阳，去去去！我跟你们说啊，这个课，你们来了也拿不了高分。考试的时候，自由发挥就行。噢，对了，这个课的最高分，我只给男生，中文系男生少，我就要袒护他们，没人能把我怎么着。"

老项劈头盖脸一堆耸人听闻的开场白，底下的人全听怔了。加之常年伏案阅读写作，颈椎严重受损，左右转头的范围只能在控制在90度内，更加凸显他的目中无人。

我碰了碰夏哥的手肘："这老师脑子有病吧。"夏哥白了我一眼："男人的鬼话，别信。"

夏哥歪打正着，这恰恰是老项的本意所在——千万别信他说的话。

"我这学期讲的东西，要先颠覆掉你们的陈旧认识，然后再把我自己讲的内容颠覆掉，最后你们就什么都不知道了。"

本以为，在每学期第一堂课全班的集体亮相之后，就将从此零零落落、一蹶不振，该谈恋爱的谈恋爱，该窝在宿舍睡觉的睡觉，该打篮球的打篮球，该吟诗作赋的吟诗作赋，该校外兼职的兼职，直至期末考试前的划重点，迎来再一次的群龙聚首。

没想到，第二次课来的人，比第一次课还多。老项的奇葩事迹被传开，不少其他院系热衷于看新奇的学生，闻风而来。

老项进来，斜倚在讲桌旁，眉头紧锁，纤细苍白的手摩挲着头发。"喂，我记得上节课说过吧，不需要每节课都来，外面太阳多好，坐在教室里听课，要多没劲儿有多没劲儿。我最不喜欢好学生了，好学生都是臭狗屎！臭狗屎！臭狗屎！还有，我的课不允许旁听，我讨厌你们，现在就收拾东西走人，一分钟内。"

虽然没能真切领略到老项更多的课堂风采，但初来乍到就被痛虐一顿的外系学生，显然觉得不虚此行，见识了老项的剑走偏锋。

"今天我们讲《周易》吧。从哲学上讲，这是个大骗局。但是，我不管它现在是不是被街边的算命术士用来忽悠人，我要从文学角度来分析，抽丝剥茧，择出里面描写的部分，你会得到一个惊人的发现，《周易》它其实是歌谣……

"今天我们讲屈原吧。屈原你们过去都怎么学的,爱国主义的化身,无私又高尚！鬼扯，他是楚国的不忠之士……

"今天我不想讲课，一起聊聊民间信仰和崇拜吧。

你们从小读唐诗宋词，穿着开裆裤就会咿呀两句，然后长大以为那就是唐宋了？幼稚！那不过是知识分子的唐宋，穷书生的唐宋。唐宋的民间，那是相当野蛮的。来来来，我给你们讲一种把舌头割下来的祭祀礼仪……"

老项就这么每节课胡诌，却诌出了我旺盛的好奇和斗志。有一个月，我完全从老项的课堂上消失了，循着他讲的思路，跑去图书馆找来相关文献读。而更重要的原因则是，我想驳倒他，他讲的那一套，太匪夷所思了。但越读，我却发现越别有洞天，甚至万万没想到，我还从翻阅的文献里，为老项的某些歪理找到了更多有力的佐证，这让我逐渐开始改观对老项的误读。

某个午后，在古籍阅览室撞见老项，我连忙把书往架上一搁，一个躬身:"项老师好!"

"你谁啊?我不认识。"

知道他爱来这么一出,我便也不做计较,咧着嘴笑笑,再拿起一本书打开。

老项往前走了几步,若有所思,像想起了什么,又退回来,从书架之间伸个头。"我看你有点儿面熟,帮我转告那些还坚持来上课的臭狗屎。逃课的目的不是回宿舍宅着上网,而是自己去读书。现在教你们的老师,在你们这么大的时候,几乎都在如饥似渴地疯狂读书,而不是乐此不疲地上课。"

然而,老项的课依然是座无虚席,并且话题越来越宽泛,尺度越来越大,从某场政治风波,到某位诺贝尔和平奖的获得者,针砭时弊,议论古今,甚至不乏一些反动厥词。不少好学青年,趁着下课的间隙,想跟老项探讨探讨。

"等等,你们以后课间课后不要来问我问题,你们应该想到,我上课的时候说了那么多话,很累,需要抽支烟休息休息。另外,你们要是真想对我好,就每天在我的信箱里给我塞一份报纸,或者匿名给我手机充十块钱话费。"

老项拍拍袖口的粉笔灰，扬长而去。

在其他老师口中，我们却听到了有关老项的另一面。

老项中年得子，视若珍宝，某夜看见儿子胖乎乎的小腿结实有力地一下踢掉身上的薄被，露出柔嫩的脚丫子，禁不住心里的喜悦立马打电话给老友，用四川话大喊："我幸福惨了！"

他年轻的时候，拉得一手好小提琴，差点儿从艺，但未遇到识才的伯乐，最后不得不改走文学的路子。

他一再声称，他爱的不是古代文学，爱的是读书这件事本身。教了一辈子书也足够了，故决定退休之后，重新拾起小提琴，以此为业，每天上街做瞎子阿炳状，奏些凄苦的旋律，挣点零碎补贴退休所得。

老项是东北人，平生最爱小鸡炖蘑菇，让亲戚从东北寄来土生土长的原料，亲自操刀下厨，邀约好友两三前来，共赴饕餮。末了，胁迫好友下次自觉向他进献地道的东北食材若干，否则便由此断交，不再往来。

某次，老项跟几位同事在浣花溪公园聊闲篇儿，有人提到某某学者见人便提,自己发过多少论文,均为最高级别刊物,甚为自得。老项摇摇头说,师者,无真才实学可怖,无品位则无可救药矣。席间,他又谈起部分学生耍小聪明,期末写一篇"万金油"论文,用于几门不同的课程,如此敷衍,令人心寒。

一学期一晃过了大半,对老项的了解也逐步深入,知晓他是位有血有肉、至情至性的师长,对他多了些敬重。

有段时间,老项脸色明显不大好,还老抱怨上楼喘不过气,走路头晕腿软。夫人多次劝说去医院接受检查无效,只得将他亲自押送就医。老项还拎着那个破烂公文包,不情不愿地跟在夫人后边,扭扭捏捏地抽了血,等不到结果出来便又仓促离开,回到讲台上。

课刚上二十分钟,老项的电话响了。他一直用着老式的蓝屏手机,只接听电话,从不发短信,当然也不知道怎么发。他不屑地瞟了一眼,决绝地摁掉,继续大谈特谈。久了没听老项的胡扯,竟颇为怀念,刚巧回到课堂,听完他的宏论,正谋划着再逃课两周,好好看看研究《诗经》的文献。

急救车的凄厉声划破教学区上课时间的平静,小珍珠在耳边悄悄嘀咕:"你听,像不像'完——啦——完——啦——完——啦',哈哈哈哈。"笑声戛然而止,老项的夫人疾步推门走进教室,神色焦急,向着底下的学生深深鞠了一躬:"同学们,对不起,出了点紧急情况,项老师需要立马住院,这节课没法儿给大家上完了,请大家原谅。"然后转过身,低声说,"老项,赶紧地。"

老项不反抗,也不细问,只是不紧不慢,把东西一件件往公文包里放。

"我最近心力交瘁,身体不适,将不久于人世了。"

教室里哄堂大笑,一浪掀过一浪,我一看,他夫人脸都吓青了。

学院教务处发来邮件通知,老项的课已换由另一位老师代上。

"我看,这下是真没人去上课咯,"小珍珠自言自语着,"唉,要不咱去医院看看老项?"

"好。"我二话不说应了声,随手从书架上抽了两本老项爱看的书,打车直奔华西医院。刚走到病房门口,就被白大褂给拦下了,说老项现在免疫力弱,不能跟外人接触。

我据理力争:"我们是他的学生,老师现在患病,需要保持愉快的心情,探望有助于恢复健康!"

"姑娘，为了病人好，你们就不该来探望，带进来多一点儿细菌就意味着多一分风险。治病就是治病，虽然冷酷无情。"白大褂的态度很诚恳。

我们与老项只能隔着玻璃交流，我从包里拿出带去的书，挥舞着。他的目光穿透层层隔绝，闪出一道光，聚焦在书上，但随即黯淡了下去。

从他的口型我读出来："医生不让我看书。"

老项的脸色还是很差，我不忍耽误他休养，便匆匆告辞了。

过了两天，老项的挚友、学院周老师奉命转告大家，骨髓穿刺结果出来，老项得了白血病，马上开始隔离化疗。消息在学院里霎时引起轩然大波，大家不敢想象，一贯潇洒的老项，怎会被病魔一把擒住。

正值初冬，商业街上的店铺开始大量售卖暖手宝、暖身贴、电热毯，想起老项深秋还穿着那套单薄的褪色西服，不禁戚戚然。

老项夫人每天工作在身，兼顾照料孩子起居上学，一时间焦头烂额。我们便自告奋勇，轮流排班给老项送饭，想方设法弄来他爱吃的，在病榻前讨得他几分欢心。而老项还是那个老项，嘴上绝不示弱，不仅极尽刁钻，不断提出新要求，还勒令我们每日念书三十分钟给他听。

有一天，他做出重要批示，在网上代发一条状态："生自己的病，让别人痛苦去吧。"

可是哄谁呢？所有关于疾病的美化都是虚假的，只有痛苦是颠扑不破的真实。

老项平安度过危险期，回家疗养，学院暂时没有给他排课。我去图书馆借书的路上，偶然跟他碰见过一次。"羊乃书"，没想到，这次竟是他破天荒地先开口叫出了我的名字。我原以为，所有学生在他脑海里，都不过是清一色的无名氏。已近期末，老项眼球咕噜噜一转，我猜准没什么好事。

"你是重庆人吧？"

"嗯。"

"下学期开学给我带点土特产回来。"

"没问题，项老师，一言为定。"

过完暑假，我辛辛苦苦扛着老项钦点的东西，吭哧吭哧回到宿舍，给他打电话。

"项老师,您要的……"

"不用了,你自己留着吃吧。"

"……"

"嘟……嘟……嘟。"老项直接挂了电话。

六人一间宿舍,多出一点儿东西都是巨大的空间负担,在老项斩钉截铁的拒绝之下,我迅速和舍友瓜分了食物。三天后,老项的电话打过来。

"土特产呢?"

"老师,我已经遵从您的嘱咐,吃了一部分,剩下的那个,实在是不堪……"

"哈哈哈……嘟……嘟……嘟……"

由于病情反复,老项很快又回了医院,当年冬天,西医化疗彻底失败。一直到翻年春天,老项的情况都不尽如人意。

这期间，小珍珠拍了部影视作品，从筹划到拍摄，倾注相当多的心力，千辛万苦，终于杀青，想在学校借个教室小范围地播映一次。但由于个人无法向学校相关部门递交申请，影片又涉及同性恋、黑社会、上访申诉等敏感问题，没有学生组织想惹这个麻烦。

某天突然听说播映地点有了着落，我马上给她发信息。

"教室借到了？"

"嗯！"

"好个峰回路转，柳暗花明！"

"贵人相助。"

"谁？"

"老项。"

"老项？不是一直住院吗？"

"有人给老项送饭的时候，提了提影片的事。老项听了，说以他开讲座的名义，去借教室，结果上面很快就给批下来了。"

影片播放那天，盛况空前，小小教室被挤了个水泄不通。

窗外阳光正好，如果下午有老项的课，他一定会说："你们怎么不逃课呢？天气这么好，上课有什么意思。"而他每每说起这些时，神情总是认真又无奈，嬉笑又意味深长。

四月末梢，没能等来老项的好消息。

大概是有过不好的预感，老项两个月前特意请周老师帮他一个忙，如果最后没能撑过去，他有一句话，希望周老师代他在网上发布。

就在老项告别我们后的一小时，我看到周老师代老项更新的状态：

"项光因病去世了，他住院时是快乐的。"

那句课上的玩笑话，一语成谶，心比天高，命比纸薄。

老项一生为人奇峻，明明是爱，却非要表现为厌；明明是热心肠，却非要武装成冷漠鬼；明明可以好好讲道理，却非要歪着拧着来；明明受着苦，却要笑着侃。他活得入世，鞭笞政局，不满社会的现状，支持年轻人的种种努力与突破；同时又超逸出世，对名利职务、头衔虚名，弃之如敝屣。

越活，越明白老项种种做法的深意。

比如他颠覆性的讲课方式，其实并非要告诉我们，他说的一切都对，而是说，不要盲从。当你对 A 深信不疑的时候，是因为你还不知道有 B，或者 C、D，甚至到 Z。当你知道相反的 B、C、D，仍旧回过头去选择 A，这个时候的决定，才具有说服力。

多年的应试教育传统把中国的学生压制得太狠了，模仿、借鉴、抄袭、成绩证书一大堆，唯独看不到自我。

于是，在这个普遍安于奴役的时代，老项使尽奇式怪招，把我们拽出卑微的泥潭。即使无法像他一般来去无碍，如云似风，至少让我们懂得，自由思考的可贵。

大家争相模仿老项，学他欲扬先抑的表达，学他不同流合污的超然，但没有人能够真正学到他骨子里的狂狷，那是多年来一以贯之的东西，如山丘般稳稳立在身体里，不偏不倚。

我始终觉得，老项不属于这个世界，凡人离他的智慧和境界太远了。

他孤独地按照自己的活法，走过了五十七年的人生，驾鹤西去。

据说，人在离世的时候，会先经过一条漫长的隧道，里面漆黑一片，彻骨冰寒。要一直走，一直走，一刻不停地走。然后在隧道的尽头，迎来一束温暖的光，如水般覆盖周身，拭去沿途经受的黑暗、寒冷与孤寂。光晕层层叠叠包裹着他们，护佑向前，穿越重重雾障，获得新生，最终抵达岸之彼端，不复归来。

当你不再惧怕孤独，
才会开始收获幸福

勺布斯

悲伤没有任何意义，我们始终都要独自前行。

人到了某个特定年纪，总会怀念过去的自己。走过的路、遇见的人、失去的感情，抚平的伤痛。

时常会想，时间可能拥有这个世界上最美好的跨度，那些当初看起来好像永远也没法跨越的沟壑，许多年后再行回想，却都像如履平地般走了过来。那样的平缓、顺畅，甚至让人忘了，在经历那些困境时，内心中是怎样的惊涛骇浪。

还好，总算是走了过来。无论以怎样的方式，至少在和他人谈起时，会轻描淡写地加上一句，哦，都是过去的事情了。

天姿曾经问我这样一个问题，你有没有做好孤独一生的准备？

当时我摇了摇头，认为这是件不可能的事。人怎么能忍受孤独呢，更何况是一生这样久远的时光。

于是，在很长一段时间里，我不停和朋友们在一起，忙着喝酒，忙着聚会，忙着和喜欢的姑娘谈恋爱，忙着失恋，又忙着用朋友和酒来治愈内心伤痛。我以为人生大致就是这样了，再难有什么样的改变。没有什么是永恒的，失去是人生里唯一的主题。

然而事实并非如此，因为那时候我还不明白。

2012年夏天我第一次见到天姿，我们两个人从相识到相知，再到最后恋爱，中间经历了很长一段快乐的时光。

我们在凌晨三点钟起床，开车去了离那个城市并不遥远的海边等待日出。

我们在下雨的午后，安安静静坐在一家咖啡店靠窗的位置，各自翻着不同的书本。

我们还携手去过许多地方，两年过去再行回想，那些一起走过的路，看过的景依然历历在目。

有一次旅途，我们在山下旅馆暂住，第二天醒来的时候，我看到天姿就坐在窗边朝外望。山风吹进来有点凉，我走过去将她轻轻抱住，任由她被风吹起的乱发在身上吹拂。

过了一会儿，天姿忽然问我，你有没有做好孤独一生的准备？

我第一次遇见这样的问题，竟不知该说什么样的话才好。于是只好摇了摇头，就那样将她紧紧抱着。

我知道我是害怕失去，没有人不会害怕失去。事实上，那次之后，我和天姿之间的感情也很快走到尽头。

天姿说，她还没找到一个能让自己不再热爱孤独的人。她曾经以为我会是，后来才发现，事实并非如此。人总是难免孤独。

我问她，孤独到底是什么呢？

天姿告诉我，孤独就像路边的长凳，虽然一直在那里，却不是为了等待任何人。

时至今日，我仍然不知道她说得到底是错还是对。我用了很多时间来寻找生活中永恒的东西，但是最后我一无所获。

生活还在继续，岁月却永远也没法重头。我独自一人生活了很长一段时间，并非沉溺回忆，而是不知道该向哪里落下脚步，只好任由脚步停止。

我渐渐开始明白，在这个世界上，还是有一种被称之为永恒的东西存在的。逝去的业已逝去，未来尚未到来，我们永恒活在当下里。在当下回忆过去，也在当下为未来做出选择。悲伤没有任何意义，我们始终都要独自前行。

我终于明白天姿当初问我那句话的意义，一个人只有不再惧怕孤独的时候，才能最终收获幸福。

不再惧怕孤独，也就意味着不再惧怕失去。当一个人心灵变得无比强大的时候，生活总是会好过一点吧。

女孩子，要过几年一个人的生活

袁依

如同先照顾好自己才能照顾好别人一样，只有过好一个人的生活，才能过好两个人的生活。

多多是土生土长的上海人，即便读大学，也是在本地读的，虽然学校安排了宿舍，但她从来没有住过一天，每天宁愿坐两个小时的地铁，也要回家。大学毕业后，她在上海找了一份文秘的工作，薪水不高，但因为离家近，便欣然接受。谈恋爱谈了两年之后，男友央求她从家里搬出来，过两个人的小日子，她不舍那个如鱼得水的家，迟迟没有回复。直到有一天晚上，心情郁闷的她夜里十点多，打车去男友的家，一进门，看到男友怀抱里有另一个女人。

第二天，她决定从家里搬出来，她觉得就是因为自己不愿离开家，所以才造成男友的劈腿。趁这个教训的热气正旺，她一定要跟家做一次告别，否则，以后会更难走出这一步。

于是，她用自己微薄的工资在寸土寸金的上海，租了一间十平米的单人间，和三个人共用厨房、洗漱间和卫生间。最开始的一个月，为了不狼狈地去和室友争抢着洗漱，她一直用湿巾擦脸，然后化妆；遇到尿急，也要憋着去公司；从来不做饭，在路边随便找家便利店买点零食将就一下。虽然没有家里的热汤热饭，她想着只要能渐渐适应一个人的生活，也是值得的。

不幸的是，她遇到的舍友们"志同道合"。除了她以外的那三个女孩子，时不时地带男友回来过夜，或者请一大堆朋友来家里喝酒唱歌，或者就这三个女生，搓麻将到半夜。就像多多无视她们的存在一样，她们也无视她的存在。利用公共空间时，从来不和她打招呼，还一副理直气壮的样子。但多多是狠了心地要住下了，付了半年的房租，不能说走就走。撑，往死了撑！

可第三个月刚开始的时候，她就一句话没说地搬回家去了——她可以与别人斗，可以与生存环境斗，但斗不过自己，斗不过自己的无聊、寂寞和无所事事。

她的父母都是普通公司的职员，没有过多的日常应酬，从小到大，家里总是有一个人陪伴她，她没有一个人吃过饭、一个人睡过觉，连逛街都会叫上妈妈一起，所以，从未尝过一个人生活的滋味，从家里搬出的那天晚上，在房间里看着墙上自己的影子，第一次感受到了形单影只的落寞。那一刻，她恍然明了：长久以来自己贪恋的不是家里舒适的床、可口的饭或者随时可以洗澡的热水器，而是总有一个人在身边的小热闹。

为了对抗一个人的无聊，工作日下班后，她就趴在床上看美剧，直到看得眼睛酸疼，才倒头就睡，两个多月的时间，她几乎把近五年错过的美剧看了个遍。只不过，每到周五晚上，她就没有看美剧的心情了，总在打算周末两天怎么过？想着在十平米的天地里，站着、坐着、躺着，都是一个人。她也想过去逛街，给朋友打了几个电话之后，就放弃了，人家都忙，没有时间陪她，后来，她便打消了外出的念头。她觉得一个人站在街上，所有人都能看到是你一个人，而一个人在屋里，只有自己知道是一个人。

于是，看美剧、发呆和躺在床上无聊地翻网页，成为了她最日常的生活。有时，想到下班后要回到那个一个人的房间，还要和三个女人斗争，她就想在办公室多待些时间。可看到那些格子里的人一个个散去，空荡荡的办公室只有她一个人时，又会迫不及待地收拾东西走人。

孤单就是这样一种东西：没有觉察到就不存在，而一旦觉察，它便如影随形。后来，多多在上下班的路上，都会觉得路人在看她，似乎在说："瞧，一个人呢，多可怜。"以前她无比讨厌合租的那三个女人，觉得她们生活粗糙得让人受不了，可某一天，她回家时，看到三个人围在一起吃热气腾腾的蔬菜火锅，便羡慕不已。两个月里，她没有回过一次家，因为害怕一旦回去，就再也没有勇气出来。

日子越过越像是一场战役了。她尝试各种办法让自己忘记是"一个人生活"这个事实，但总是忘记之前先想起，反而是一遍遍地强调了自己的孤单。甚至，这影响了她的工作，如果办公室的几个女同事一起出去吃午饭而没有叫上她，这顿饭她就不会吃了。以前也有这种情况，但她会屁颠屁颠地跟上她们，但现在，她不会了。

好像全世界的人都在歧视孤单的人。

一切都变得乏味了，她几乎忘掉了快乐的滋味。于是，大哭一场之后，她决定搬回家，如同搬出来一样决绝，第二天，她就搬了回去。她想："过不了一个人的生活，不过就是了。结婚之前住在父母家，结婚之后，有了丈夫和孩子，到老都不会是一个人了。为什么非得把自己逼进死胡同呢？"

回家后，多多又过起了天堂般的生活，早上起床后就有母亲准备好的热腾腾的早餐；晚饭后，会和父母一起去散步，聊着彼此在工作中发生的趣事儿；周末窝在家里，和母亲一起看韩剧，吐槽这个男人帅那个男人糟，或者牵着手，一起逛街。细水长流的日子和过去没有什么两样，这让多多更加坚信搬回家的选择是对的。

一年多以后，父母给她安排了一次相亲。由于父母之前做了充分的准备和认真的挑选，多多只见了一面，便觉得很是合适。男人成熟稳重，在一家网络公司做销售主管，在上海有房子，这一切都符合多多想要拥有一个安稳的家的愿望。两个人年龄相对来说都比较大了，而且双方家长和彼此之间也都挺满意的，半年后，两个人就闪婚了。多多为此兴奋不已，像是完成一个任务一般，大松一口气，她终于要有属于自己的家了。

初为人妇的她，对家里的一切都感觉格外新鲜，似乎有干不完的活儿在等着她。每天下班后，她会第一时间冲回家，打扫房间、洗衣服，然后进厨房精心准备晚餐。倘若她做的这些再能得到丈夫的赞美，那就再好不过了，甚至于，相比较工作而言，她更喜欢待在家里，一整天一整天地待在家里。丈夫对她也非常满意，因为工作比较忙，回家之后，就有干净整洁的家和热腾腾的饭菜等着他，一天的疲惫也就缓解了很多。

可这种美满幸福的日子，并没有持续长久。半年之后，男人被安排去统筹和策划一个新的部门，加班的时间渐渐多了起来，有时，加班到半夜，为了方便，就不回家了，在办公室睡一会儿起来再继续工作。丈夫不回家吃饭、不回家睡觉，多多突然之间就变得没有激情起来，似乎她做的所有家务都是为了让丈夫看到，而一旦他不在，她觉得自己做得这些没有人欣赏和肯定，也就没有意义了。

于是，她又恢复了单身时的生活，虽然家里有整体厨房，但她还是会在外面买了快餐带回家吃，丈夫不在家，她就不想开火做饭。下班后，也没有精气神儿打扫房间了，就窝在沙发里看电视；一堆衣服落在洗衣机里，就是不愿按动按钮，让它滚动。"整个人像死了一样"，她说。这时，她会想起之前搬出家的两个月时的状态，和现在的无聊、寂寞没有什么两样。

最让她受不了的是晚上。刚开始时，丈夫偶尔不回家，她虽然心里不愿意，但还是想着要体谅他的工作，又不是他不想回来，只是工作迫使而已。可慢慢地，她养成了如果丈夫某一天不回家，她就一晚上就睡不着的习惯。一整夜一整夜地失眠，昏昏欲睡，却就是睡不着。她给丈夫打电话，他一边忙着手头的工作，一边安慰她几句，也就挂了。过上一两个小时，她还是睡不着，再打一次，如此往复，一夜又一夜。直到有一天，丈夫恼怒地对她说："不要每天晚上都给我打那么多次电话，烦不烦啊，你睡觉就是了，晚上加班，本来效率就不高，你还一个个电话打断我。"她也觉得委屈，哭着说："可没有你在家，我睡不着啊。"丈夫丢下一句"以后这样的日子多着呢，这么大年纪的人了，连一个人睡觉都怕，那还能做成什么"就挂了。

多多还是幸运的，这样的日子并没有持续很久。丈夫日夜加班，用三个月的时间完成了领导交给的任务，终于可以以正常的时间回家了。多多欣喜不已，像是忍耐了一冬的春天一样，一下子就朝气蓬勃了。

家里的活儿也似乎破土而出了，忙碌的生活也让她充实了很多。丈夫就是她的太阳，瞬间就能把她照亮。

结婚一两年之后，日子开始变得平淡如水，再也没有最初两个人如胶似漆的激情了。最先变化的是丈夫，不管之前工作有多忙，他都会尽量地回家吃饭，而现在呢，他有事儿没事儿地就在外面和朋友一起吃，一周之内，至少有三天的时间是在外面吃。多多不高兴，说："外面的饭有什么好吃的，连材料都看不到，多不健康，回家吃多好。"丈夫安慰她说："整天在家里吃是好，可我一个做销售的，如果不和朋友保持好联系，怎么可以。看似是在吃饭，其实很多生意都是在饭桌上谈成的。"

多多是个明事理的人，可在日复一日的生活中，她渐渐地没有了最初的耐心。在家一个人的无聊，比什么都能让她感觉痛苦。她一想到今后的几年都要这样孤单地生活时，就变得有些失去理智。她会在丈夫在外吃饭的时间给他打电话，说她身体不舒服，要去医院，丈夫不得已赶紧赶回家，看到在舒服地再看电视的她，她解释说："刚刚吃过药了，好了很多。"或者会在下班之后，直接到丈夫的办公室，等他，和她一起回家，这样，有同事看到人家的妻子在等，就不好意思叫他一起去吃饭了；更或者有一天，她给最经常和丈夫吃饭的朋友打了电话，话里有话地告诫他们以后尽量不要和她丈夫一起吃去吃饭。

没过多久，丈夫的朋友都知道了多多不想让他去应酬的事儿，所以，为了人家家庭的和谐，朋友也就尽量以后吃饭不叫他了。丈夫先是觉得奇怪，酒场突然就少了很多，某一天，他从朋友的玩笑话里才知道，原来是多多在暗地里做了这么多事情。

男人，对朋友这件事的重视超出人的想象，所以，多多这样做的后果，可想而知。丈夫甚至撂下狠话，说："如果再干涉他的生活，就离婚。"而且，他还越发的"叛逆"，多多越是这样在背后操作，他越是增加在外面的应酬。

生活再次变得暗无天日，有时，多多真想着要离婚，两个人这样敌对，还不如一个人来得轻松，可是离婚之后呢，一个人生活，她能对付得了吗？所有的事情，当遇上"一个人生活"这个问题时，多多都会败下阵来。这次也是如此。她坚决不能离婚，即便丈夫晚上有应酬，可是还是回家的，周末有时候也是在家的，仔细算起来，在家的时间也是挺多的，有个人可以说说话，挺好的嘛。

三四年过去了，因为丈夫喝酒，两个人依旧没有孩子。多多朝思暮想地想有个孩子，一方面有了孩子后，和丈夫的紧张关系可能得到缓解；另一方面，有孩子在，她的生活也会忙碌、充实很多。

只不过，我们朋友谈起多多来时，却说："还是没有孩子的好。多多为了摆脱无聊,就想办法拴着丈夫,拴不着时,就想着拴住孩子,可她从来没有想过——要拴住自己,自己陪伴自己,比丈夫和孩子都要长久和容易得多。

我身边的"多多"不止一个,而是队伍庞大。他们只能生活在人群中,一旦一个人,就生不如死。有人说,这也是现代人的通病——害怕独处、害怕孤单、害怕一个人。所以,很多"聪明"的女孩子,从家里出来之后,赶紧找个人嫁了,实现从一个"家"到另一个"家"的完美过渡,中间不给自己留一点"独处"的缝隙。可她们不知道的是:你可以不强迫自己过不喜欢的生活,可生活会强迫你;你以为婚姻可以让你觉得不再孤单,殊不知,两个人的孤单才更孤单。企图用婚姻来"逃避"自我的方法,最终还是会毁了自己。一个不会与自己相处的人,也一定不会和他人相处。

我想,女孩子一定要过几年一个人的生活。不是一个月、半年,是至少一年以上,如同训练一样。让女孩子一个人生活,不是为了锻炼她做家务、整理房间、烧菜的能力,而是学习如何与自己相处。而在女人的一生中,没有比学会如何与自己相处再重要的了,它是女人的命根。

一个人独立生活,尤其是女人,关系到一个底气的问题。它会带给你一种不依傍的自信。这种来源于自身的能量,可以让女人在恋爱、或者是婚姻中留有属于自己的空间。听过太多女生一深爱，就忘了自己的惨痛故事，女人失去自己，断断不会是因为爱上了一个人，而是在此之前，就没有觉察到自己的存在，只不过，之后被更深地淹没了而已。在很多年里，同学、同事、朋友前拥后抱、热热闹闹，让人误以为这就是生活的常态。但其实，孤单才是永恒的状态。

学习如何与自己和解、如何与孤独相处、如何与时间为伴，是每一个人的必修课，而且它如同养分，对人的滋养，是缓慢渗透的，所以这堂课，越早上越好。可一个人生活总是难的，更多的空闲时间扑面而来，无聊也随即铺天盖地，还要战胜来自内心和外界的恐惧，只是想想，就觉得坚持不下去，刚开始，我也这样认为，但真正做起来，完全不是这样。

因为某些原因，我曾经有两年多的时间在外地独自生活。每天都很规律，上午写稿、下午准备考试、晚上读书，除了偶尔的身体不舒服和心情不好，七百多天都是这样过来的。

最开始也是很难。二十多年，每天都和钟表相伴，却在那一年，第一次清清楚楚地听到了钟表的滴答声；洗了上万次的脚，那一年，第一次知道用盆接洗脚水的声音会把暗夜都吵得沸沸扬扬；第一次体会到一天24小时是如此的漫长，自觉做了好多事儿，时间却只走了一点点。那时，我甚至担心：如果长时间不和别人说话，会不会得失语症？

我找了很多资料,也没有答案,但之后,为了避免自己真的失语,只能过几天,就给朋友打一次电话,聊聊天。

因为有很多书要读,有很多稿子要写,渐渐地就忙了起来。虽然还是一个人,但状态变了很多。为了让自己的生活变得多样,我想了很多的办法。以前早上都是在路边吃点豆浆油条凑合一顿就行了,后来,我便要求自己,早上六点多起床,步行去市场买菜,置办够一天的新鲜食材,回家自己做,这样做还有个好处就是能接触到很多人,遇到比较爱说话的商贩,可以聊上那么几句,心情也会好很多;傍晚时,开始规律地到附近的大学操场慢跑,每天半个多小时,累了就坐在一边,看大学生们打球的打球,牵手的牵手。有一次,看到有瑜伽工作室招生的广告,便报了个周末的瑜伽班,和十几个女人,由陌生到熟悉,最后,竟觉得在这个城市也有很多朋友了。

就这么一些微小的改变,就把我除了写稿、读书的时间全部占满了,一个人也能变得忙碌起来,一天天下来,竟然也毫无察觉,等到过年回家时,才意识到已是一年过去了。人都会有恐惧,并且会自觉放大恐惧,但事实上,把那些恐惧分解到一天天里,就没有了。

两年的时间,让我知道:即便有一天,全世界都抛弃我,我也会活得很好。这是发自内心的坚持,是七百多个日夜所给予我的最大财富。女生都渴求来自男人的安全感,倘若她们有过一个人生活的经历,就知道自己给予自己的安全感,更实在。

　　所以,不论现在独自生活的你有多么艰难,一定要坚持下去,直到自己能够享受这种生活,并真正获得它的滋养,与它握手言和,才能去过另一种热闹纷扰的生活;倘若此刻,你虽在人群里狂欢但仍觉孤独,那么给自己一个独居的机会吧,你不知道它会有多么美好。

我比谁都相信努力奋斗的意义

伊心

我比谁都相信努力奋斗的意义,是因为人生来就不平等,世界就是如此残酷。但这不代表挣扎和改变没有意义,因为它是从狭隘的生活中跳出、从荒芜的环境中离开的一条最行之有效的路径。

去年偶然见了一个高中同学。她自高中毕业后已经五年没有见过我,用她的话说:"真是吃了一惊。"

我不奇怪她吃惊的原因。因为五年前,我还是一个说话大大咧咧,爱咋呼爱叫唤的"人来疯",大象腿水桶腰,穿衣服巨没品位的"小胖妹",没读过什么书,每次在全班同学面前念个学习汇报都紧张,"内涵"两字从来都绕着走的"傻缺"。

大学四年与研一一年所有的辛苦,终于在她那句"大吃一惊"和不可思议的眼神里得到了报偿。

辛苦倒也算不上，但毕竟也是日复一日靠着严格的运动锻炼 hold 住了体重，最开始三个月减肥近 15 千克，反弹一次后终于维持在了健康稳定的水平。朋友们爱问我减重经验与局部瘦身秘诀，我仔细回想，觉得每一种方法都可称秘诀，关键是要对自己够狠。那时大学课少，意志力惊人，什么拖延什么懒散都没有，春夏秋冬，学校塑胶跑道 6 点钟的清晨，一圈又一圈，那种哗啦啦从心底翻涌上来的朝气，原来汗珠也可以掷地有声。

还有很多个夜晚，校园被喧嚣覆盖，大家或是边嗑瓜子边看娱乐节目笑得前仰后合，或是在楼下和男友约会难舍难分，属于自己的那一隅却只能被安静笼罩。有时候在阳台上做漫长的瑜伽"英雄式"动作，或者在床上做漫长的"贴墙倒立"。有时候会听音乐，有时候会看本书，但更多的时光是悄无声息的寂静。但改变一点一滴地进行。

减肥教会我的事，其实是一件至为简单的事，不过是如何变成一个更好的自己。但同时，它又是一件至为困难的事，因为需要极强的自制力和没有任何外界强制时的自我约束精神。从那之后才懂得，所谓坚持，不过是日复一日地重复一件小事。跑步也好，瑜伽也好，其他一切微小的事情也好。这件小事可能没有上淘宝来得轻松愉悦，也没有刷微博来得随意开怀，但是日复一日的坚持与重复，只要怀有足够的耐心，从量变到质变并不是一个漫长的过程。就像，在别人眼里绝对不可能瘦下来的我只用了三个月就成功了。

　　后来考研,选了一个高不可攀的名校,别人的不相信和当年说"你看她胖得连腰都没有,哪年才能减下来肥"时的语气差不多。再后来,又是每天六点起床,在荒芜的自习室里坐一整天,十一点一个人走回宿舍,还要在宿舍楼上通宵自习看书。几百个深夜,学校的小路上空无一人。门卫大爷用手电筒帮我照亮一小段路,他说:"小姑娘你一个人怎么不怕黑?"我沉默地摇头,只想说我不怕黑、不怕冷、不怕路远马亡,只怕虚度了韶光枉费了年华。再后来应了别人的预期,和梦想心痛错肩,但也够幸运,第二志愿顺利调剂,最终还是得到了一个好结果。

　　如今再回想那段时光仍旧感激之至,岁月飘忽如寄,那样不计前路的拼命和酣畅淋漓的付出大概只有一次,好似把一生的热血和热泪都已耗尽。好友写的话至今都留在笔记本上,她说:"我们用人生最好的年华做抵押,去担保一个说出来都会被人嘲笑的梦想。"那个冬天永远不可磨灭,深夜漆黑,却觉得前路漫漫,未来可期,所有的梦都做得晴朗透亮。那好像也是唯一的一次,让我觉得原本灰暗促狭的心被希望照亮充盈,一整个壮阔的世界都等待着我迫不及待地去检阅。

　　这些年来,看书实习,组织社团活动,慢慢地克服了诸多弱点。

参加数学竞赛拿了小名次,不再是那个高中时被数学老师坦诚寄语:"我该怎么拯救你,你的数学!"怕数学怕得要死的人。参加演讲写诗歌去朗诵,终于也能面不改色从容镇定地在几千人面前演讲。看了很多书写了很多字,一点一点去观察琢磨,让自己在肥皂剧和娱乐新闻之外找到归属,沉闷地积累着精神的厚度。策划晚会排练节目,新年夜灯火辉煌,坐在台下等谢幕,身边掌声雷动笑声起伏时觉得,啊,原来自己也可以做成一件这样的事儿。成长果然是一个时辰一个时辰熬出来的。别人手到擒来的事儿自己拼了命才得到,但那种成长的富足感如此惹人回味,也是如此这般日志才能写得丰厚踏实。

我大学的一个舍友,来自某全国贫困县,家住半山腰,手机信号都微弱。母亲早逝,家里姐妹四人,除她之外都早早辍学南下打工,靠助学贷款交学费,所有的生活费全部来自于零零碎碎的打工。以我浅薄的视野,只觉得她是当真经历过生活苦难的人。大学刚开学时,女孩特别自卑,甚少说话,常常将自己隐没在人群里不发一声,表情里都带着一股胆怯。如今她毕业进入深圳一家知名外企工作,薪水优渥,淡妆适宜,身姿优雅,常被人唤作"白富美"。但只有我看得到她这几年来一步一步的蜕变。是如何拼命打工累到胃痛,在长夜痛哭过后重新为生活打拼,是如何熬夜学习顺利保研,看了一本又一本的书才做到谈吐大方,是如何作为班长获得全班同学交口称赞,又带领我们班成功突围校优秀班集体,甚至是如何一点点研究化妆方法才能打造出面试时的完美妆容。其实蜕变不是一件容易的事情，要走出自己性格的"安全区"当真需要层层挣扎和失败之后步步谨慎的反思改进。但若有一张大一和研二的对比照，她必然是从一个看上去有些瑟瑟发抖的小丫头变成了浑身发光的知性姑娘。有时爱开她玩笑："哇，晋升白富美什么感觉呀！"她眼里突然带了泪："这么多年来的不安全感终于落了地，我最开心的是自己终于有力量去守护家人了。"当然，只有我知道，她一路披荆斩棘咬牙忍受，才从那个荒凉的大山里，走到灯火辉煌处一个温馨明媚的家。

我比谁都相信努力奋斗的意义，是因为人生来就不平等，世界就是如此残酷。但这不代表挣扎和改变没有意义，因为它是从狭隘的生活中跳出、从荒芜的环境中离开的一条最行之有效的路径。以前曾看过蒋方舟说的一段话，她说："我对社会的残酷，没有怨言，只有好奇。我想沿着'残酷'，去寻找它的苦难，寻找它的父辈，它粗大的根系。我要溯流而上，期待憧憬着巨大苦难之源如世间最壮丽之景扑面而来。你敢吗？你来吗？"

事实上，写这篇文章是因为最近小伙伴们聚在一起时均愁云惨雾。那篇由银行 HR 写的"寒门再难出贵子"一文让在银行实习的我们变得惴惴不安，被分分钟洞穿的慌张让拼命佯装的成熟和处处谨慎的步伐一败涂地。好像十几年寒窗苦读都付诸东流，厚厚一摞专业书籍不敌存款凭证一张，"资源"二字将读书时所有宏图壮志击得粉碎。除此之外，银行坐柜的辛苦被小伙伴们倾吐如滔滔江水，客户经理的心酸被小伙伴们吐槽得体无完肤，所有奋斗过的青春以如此苍白的姿势告终，所有激情都将被琐碎无边的小事消磨至尽。想到这里，如此酷暑中，心也竟一下子凉了下来。

但是我仍然比谁都相信努力奋斗的意义。虽然努力了这么久仍然买不起一件奢侈品，也去不了蓝色海岛上度一个悠然的假期，甚至可以预见到，自己未来挤公交车上下班的焦躁，以及依旧淹没在柴米油盐中的平凡一生。但，还是"努力奋斗"这四个再简单不过的字，让我的视线跨越那个灰尘扑扑的小县城，抵达一个更广袤无边的世界。甚至，它成全了我所有卑微的梦想，不管是小学时的"考上大学"，高中时的"成为瘦子"，还是大学时的"在杂志上发表文章"，研究生时的"万水千山走遍"如今也已经在路上了。我也相信，它将成全更多卑微的梦想，带我去自己梦寐以求的世界。

好似所有的波澜壮阔都会化为细波，所有的锣鼓欢鸣都会归于岑寂一般，热血沸腾的青春带着它浩浩荡荡的气势一路走远了，只留下庸常生活里难以消解的冗繁、干枯、琐碎、燥热。但我仍然想找回青春里那汩汩流动的热血，去向残酷世界讨个说法，去和曲折命途勇敢单挑。

因为我比谁都相信努力奋斗的意义。

按照二十几年来"命运它从来不会给我最想要的东西"这一惯例，我可能最终还是会失意败北，失望而归。但好歹给孙子讲故事的时候能吼一嗓子："你奶奶当年虽然是个傻×，但一丁点儿青春都没特么浪费啊！"

盛夏晚安，八月加油。

最怕是你既不够爱他，
　　又不够爱自己

仇小丫

面对选择时你疑虑和纠结，是因为你根本不知道什么是你眼里的爱，幸福，和安全感。

二十岁出头的姑娘，是世界上最纠结的一种动物。

全世界都这样告诉她们，你们现在是八九点钟的太阳，是女人最黄金的时刻，经历着人生最美丽的一段路途，诸如此类，把二十岁说上天了，让二十岁的姑娘蠢蠢欲动，恨不得觉得只要往前踏一步，这全世界都是她的了。

可惜啊，多数的她们，发现自己并不像童年时代畅想的那么美，身材一般，长得一般，费劲巴拉考上的大学，也就那么回事，世界变得跟小时候不一样，没那么多人宠着让着她，根本没有王子，她们没有成为那个开着红色奥迪浑身亮闪闪的名牌每周跟各种姐妹聚会聊天唱歌一抬手就一沓子毛爷爷甩给人家当小费帅得一塌糊涂二五八万的女生，也没过上和要好的姐妹合租在一间大别墅里楼上楼下电脑电话，白天快快乐乐去上班晚上回家一起做饭遛宠物这种"凡俗日子"。

总觉得自己最特别，跟别人应是不同的，可这种特别呢，当明星肯定不够，在普通生活里又太特殊，没钱没势，对未来既有渴望又有畏惧。

她们上淘宝，看韩剧，报各种班，考二学历，总是纠结自己到底要做个干得好的女人还是嫁得好的女人，当然要许多年后她们才会知道当时真是想太多了。

即将面临大学毕业，经济形势严峻，工作没落实，是考研呢，出国呢，还是进机关当个公务员？另外学校还处着个不咸不淡的男朋友，每个决定似乎都面临异地，殊途同归全部指向分手。

走哪条路，都有不舍和顾忌。

想出国追求梦想，又怕丢了现有的爱情，留在爱情这边，又怕漫漫人生路上心有不甘，怕贫贱夫妻百事哀。

你问她们，那你们究竟要什么，她们说，我们要幸福。

这可不得了，这抽象程度不亚于张小娴那句"女人要很多很多爱和很多很多安全感"。

没问题,问题是,什么才是你眼里的爱,幸福,和安全感?

面对选择时你疑虑和纠结,是因为你根本不知道什么是你眼里的爱,幸福,和安全感。

安全感,在我眼里就是我自己有许多可支配的钱。

幸福,就是有一天我能看到印着我名字和照片的书能到处发行,能被译成许多国家的文字,我希望有那么一天我可以用英文德文甚至西文写作,然后把书摆到欧洲去,如果我能做出一部我想要的电视剧,能在电影院里看到自己的电影,写许多首好玩好听的歌,设计衣服,有冠以我名字的品牌,这就是我莫大的幸福。

爱,是我可以在一坐宽敞的大房子里养养花草宠物,悠闲地喝茶看书,有个不是那么烦的男人,一些要好的姐妹。

以上就是我要的幸福,爱,和安全感,我很清楚我是一定要从自己的人生价值上来获得幸福感的人。那么我做一切事情,一切选择,一切努力,终极目的都是这些。

或许我一辈子也未必得逞,但可以说,每分每秒知道着,我是在为这些事情而一点点努力积累，目标清晰，大步流星，我已经很开心了。

或许在这途中，有无数人说这个女孩野心很大，物质欲很强，可是有什么关系？你不喜欢我，我喜欢我自己就好了，你说我野心大，我觉得这样幸福开心就好了。

一个人最难的时候，是你自己爬起来，不是那些过客看客拉你起来的，那么你做什么选择，跟他们又有什么关系，关键时刻帮你的不是他们，他们有什么资格在你的人生路上来指指点点？

有些人说，追求这么多，未必幸福，我要问，你没追求，你就一定幸福吗？

有些人问，我们女人，真的是越努力让自己越优秀就真的能遇到那个最适合最爱我们的人吗？

我想说，不是的。不是你越努力越优秀你就会遇到越好的爱情和男人，但是，你不努力不优秀你以为你就能遇到更好的爱情和男人吗？你以为你不幸福是因为你年轻时太拼命了吗？！

如果说一个女人因为强势而没人爱，那你以为她不强势了爱她的人就多了吗？

说你太好了，没有男人配得上你，没有男人敢追你，所以你单身，这是骗人的！这句话说得好像你不好了就一堆男人来追你似的！

归根结底，女人你到底要什么，若是要实现自身价值，你就不要管那些风言风语，什么快三十了还没嫁出去啊之类的，你那么有价值，想不想嫁人，不就你一句话的事么，不就是你能不能忍受那些你早已看穿了的男人和生活么？你要是追求男人的爱，以其为评价你自己的根本标准，那大可不必把自己累死累活的，要做到被男人喜欢最简单。

第一，你要有一份稳定工作，不需要挣多少钱，这仅表示你是个独立的人。第二，你把剩下的时间全部用来美容美体美发美甲，总之你美就行了。第三，出去认识各种男人。

如果你既追求人生价值，又追求男人的爱，我想说，完全OK，三观很正，一点不矛盾啊！只要你搞清这其中的轻重和缓急。

没必要把这两者看成对立，好像追求一个就要放弃另一个，为什么你会觉得对立呢，因为那个男人和你的梦想对立啊，所以你自己说他究竟适不适合。

倘若你真的为了他而放弃了自己的其他追求，你以为他会因此感激?因此更加珍惜你?往后的日子长长久久的爱你?不惑之年还在邻居们中间说我太太当初本可以出国她是为了我才留在这种小地方过上了今天这种每天去买菜跟小贩为了几毛钱而争执的日子的?

醒醒吧,如果你真有幸遇到这样的男人,他或许早就被小三小四无数喜爱稳重大叔的零零后给抢走了你风烛残年了还有什么留人的本事?

所以,你要么爱他超过你自己,那么他无论怎样对待你,你都有理由撑住,反正他开心了你就算苦逼兮兮的也自然就会开心了绽放着光辉的圣母情怀不是吗?

要么,你爱自己超过爱他,那么等到你实现自己人生价值时就算他不在了你也没什么后悔顶多在咖啡馆里笑笑"普通的人生有普通的遗憾,丰富的人生有丰富的遗憾"。

最怕的,是你既不够爱他,又不够爱你自己,那么你在任何选择面前都犹豫不决,这是轻的,严重的,你一辈子都会做个怨妇,就是那种到四十几岁一边坐公交车上班累得臭死一边骂自己老公没能耐自己大好青春怎么就毁你这王八蛋身上了的那种怨妇。或者坐在大房子里吃香喝辣打着麻将但看到周围姐妹每天飞来飞去忙忙碌碌事业有成你老公整日不回家自己悔不当初为什么要为了这些嗟来之食而放弃自己的能力才华和梦想，总得说呢，就是不管活得如何，心态上永远是个 loser。

然后，你就会悲摧地把希望都寄托到下一代身上，做个可怕而逞强的母亲。然后你曾经梦想的一辈子，就这么过去了，一辈子能有多长啊，不过每天那么烦着过，一辈子确实很长。

姑娘，你活得太骄傲了

田媛

真正骄傲的女孩儿，是糊得了墙，敲得了代码，搬得了重物。真性情却并不以此为傲。

在给宿管阿姨报修几次宿舍里的下水道堵了以后，依然没人管这档子事。宿舍里的四个女孩儿，忍无可忍，终于撸起袖子，挽起裤管，亲自上手，掏下水道。

在疏通了之后，我和璐璐在水池子边上使劲搓着肥皂，想起刚才亲自用手抓一大把头发的感觉，我还心有余悸。

我问她："你在家干过这种事儿吗。"

她说："家里压根就没遇到过这种事儿。不过无所谓，画得了眼影，也要会掏下水道。你说是不？"

我一下子肃然起敬。

后来我给男友绘声绘色地描绘我一副"郑成功南下"的样子挖下水道，我只是想炫耀，我是一个气壮山河的妹子。男友根本没领会我的初衷，自顾自地接我话茬："你们怎么不把下水道上面那层网砸开，省得下次再堵住。"

"你觉得一个女孩子该干这种事情吗？"我气嘟嘟地问。

"这还要还分男女？掏得了下水道，也要会砸下水道！"

我一肚子火大，不过转念一想，这世上，好像除了男女卫生间这种事儿，从没一件事贴着标签必须由男人来代劳。哪怕是脏活累活。

后来在反思中觉得，自己大抵是活得太骄傲了。社会的期待里，"你要做一个风雅浪漫的女孩子。"却忽略了从小被教育的，"你要做一个能做力所能及的事情的人。"

之前我手机被小偷偷走又现场抓住的那次，没有监控视频作证。只有三个围着黑色纱巾，眼睛深陷的留学生女孩儿在现场。

我和男友后来去找这三个留学生女孩儿作证的时候，女孩儿正在给自行车搭链条。满手油问我该怎么帮忙。

男友赶紧过去蹲在自行车旁,说"我来我来"。我也急忙从包里掏出几张纸巾递过去,让女孩儿擦擦手。

那个搭车链的女孩满脸狐疑,她不明白为什么一定要男友帮她,做这件她自己就能很顺利做好的事情。

在我和男友的认知里,倒也不觉得姑娘不该搭链条,只是有男生在场的时候,这个活就该交给男生。不管这自行车是谁的。

留学生女孩还是执意自己搭上了。然后用不是母语的英语,磕磕绊绊告诉我俩:"我的手已经脏了,再弄脏你的手,这样不好。"

高中时和一个肤白貌美的姑娘同寝室。

姑娘的脸像刚成熟的桃子,让人看了就开始意淫咬一口的爽快。姑娘从小便被人夸作漂亮,想必自己也暗地里沾沾自喜。

我打心眼儿里喜欢和她住一个寝室,枯燥的高中生活在她的花枝招展里也显得没那么无趣。可我终于一次让姑娘对我急了眼。

在她琢磨出门穿哪件衣服将近一个小时以后,开口问我:"到底穿啥啊？"

我说："女为悦己者容，穿让自己高兴的那件。"

她说："都穿着很高兴。"

我说："那就随便，只要你干干净净，明天还真没人记得今天你穿的是蓝还是绿。"

姑娘显然对我的回答很不满意。甚至觉得我是恶意的嘲讽。

气势汹汹地拿了那件一小时前她从柜子里拿出的第一件衣服出门了。

姑娘，你真的是活得太骄傲了。

在爱情里摸爬滚打几年以后，我开始觉得男女在情爱里的所求无异。

干涸的心灵都需要泉水浇灌，这与男女无关。

有一次和男友在异乡游玩，几天来阴雨连绵打扰了好心情，莫名其妙地被当地刁民坑了好些钱，加之险些凑不够回家的路费，抑郁到极点。最后又活生生错过了回家的最后一班车。

我终于在那个异乡的车站崩溃。好像全天下的委屈硬生生地,毫无保留地全塞给了我。

不管男友怎么哄,也止不住我绝了堤的梨花带雨。

他一直轻轻弯着腰,用手抹着我从眼里汩汩溢出的眼泪。

他终于红着眼眶。在我耳边轻声说:"不哭不哭了,我和你一样难过的呀。可为什么总是我在安慰你呢。"言语里满是委屈和不知怎么办才好的无助。

在那一刻,我脑子里那句"因为你是男人,我是女人"这句可笑的,充满讽刺意味的话,狠狠拍了我一巴掌。

大抵是个女孩,骨子里就与生俱来了一些"自私的骄傲"的成分。

可别忘了,爱情是个相互扶持的活儿。你在家里是公主的时候,男友在家里,或许是皇帝。

在男人探索着平安的路径时,姑娘要在一旁低低地唱着忘倦的歌。好让旅途有趣些。

真正骄傲的女孩儿,是糊得了墙,敲得了代码,搬得了重物,真性情却并不以此为傲。

她知道光荣与梦想需要披荆斩棘。她知道每个深夜独处的孤单会有明天的太阳作伴。

而过分骄傲的姑娘，只会娇滴滴地哭闹着男友不跷课陪自己看病。而迎来招聘会上的主管推推眼镜，一脸抱歉地说"对不起，我们这个工作比较辛苦，不适合女生"时，她只会慨叹着命运对女人是多么不公。

谢天谢地，我是阿姨

倪一宁

> 我成了阿姨了，我努力地积攒爱和温暖，自由和勇气，以便有朝一日，送给一个有着柔软手指的小朋友。

在我上高中的时候，阿姨还是个敏感词汇，高三自招时一拨家长涌入，同学去教导处敲章，被老师不幸眼拙认成学生家长，她回到班里愤愤许久，大家边安慰边暗笑边心安："原来不止我一个被当成阿姨。"暑假在超市里排队付款，后面的小男孩嚷着要吃还未付款的零食，奶奶低声劝阻，我一时心软，说你们排到前面来吧，奶奶高兴地让他谢谢阿姨，小男孩尚未张口，我已反悔："不好意思我想起来有点急事，还是我在前面吧。"

直到今日，大多数的我们已彻底失去了姐姐这个身份，哪怕扎起刘海穿百褶裙摆出萧蔷女士的无辜表情，还是有些东西出卖了我们，没错，我不是姐姐，我是阿姨。

撇开岁月不回头的感慨，正视我们被称为姐姐——甚至是妹妹的年岁，我们真的比现在快乐吗？

初高中的时候写作文，受四十五度的辐射影响，特别热衷于感叹丢了单纯变得虚伪，那时候的我们啊，把客气当作虚伪，把体谅当成世故，把鲁莽当个性，把偏激当锋芒。人们总赞美我们的勇敢和叛逆，但另一面的现实却是，我们常常用隐身于群体的方式来追求个性，我们的勇气背后，往往是难堪的选择性沉默。

小学时的美术老师，上课时间回办公室打游戏，调皮的男孩子踢了同班一个弱智女孩子一脚，太阳穴附近全是血。没有人申诉也没有人义愤填膺，我们都端端正正地坐在位子上，看美术老师用一袋麦片结束了整个事件。公平和正义这种东西，在那个教室里全不存在，有的是对师道尊严的无条件服从。我忘了很多小学同学的名字，但我没法忘记那个女孩子的，我也没法忘记，那个坐在座位上，平静地目睹全程的自己。我以为那只是个个案，后来发现，在很多人的童年记忆里，暴力、冷暴力、服从、私了，这样的词语层出不穷，都不干净。我的一个小学同学，在教室里发牢骚讲，班主任都不肯自己改作业，一天到晚要我们自己校对，那要她干吗呀？两天后，班主任神奇地知道了这句话，在晨会上满面怒容地讲："本来还想给你评三好学生，现在是没你的份了。"那时我们才几岁呀，可是告密、背叛、讨好、权威，这些词语的含义，就赤裸裸地展现给我们看了。

跟老友聊兵荒马乱的初中岁月，她说她最难忘的事是——因为连续几天英语默写不出，爸爸被叫到学校里，英语老师捧着茶杯跟其他老师谈笑，把她爸爸撂在一旁两个多小时，然后才随意地把听写本往他面前一丢。平时在单位里昂首挺胸的爸爸，像个小学生一样恭敬地听老师训斥，还要弯着腰讲"给您添麻烦了"。她一脸平静地说："我多希望那时我不是十五岁而是十八岁，那样我就有勇气，抢过茶杯往她脸上泼过去。"

可是你以为长大了学会质疑和反抗了就完了吗？

高中的时候，博学温柔且单身的男老师因病请假，我们的语文老师换成了一个来自东北的女老师。坦白地讲，她的观点的确称不上新颖，端着架子自称"老师我"的姿态也容易招致不满，同办公室的老师放出消息说她到校第一天就在办公室里织毛衣，她前去杭二应聘未果才到我们学校的小道也传得纷纷扬扬。几乎全班都动用了冷暴力对付她，在语文课上做别的科目的作业，自管自读小说，肆无忌惮地聊天听音乐，是的，我愿意承认，我也是其中的一个。最后的高潮是许多同学联名上书，要求调换老师，后来班主任调解开班会讨论她是不是一个好老师，再后来我们坐在位子上窃窃讨论，这一节课她会不会来。

够热血吧、够青春吧、够电影吧，当然这其中有一部分人是真的发自肺腑地反感她所代表的教学模式，可是又有多少人，可以问心无愧地讲,我是真的厌恶她,不是因为我想趁机少掉几节课几页作业,不是因为我江浙沪的优越感看不起东北教育那一套,不是因为我想站在意见领袖们的背后,一脸窃喜地看热闹。

让我第一个讲,我于心有愧。

若干年后我们回忆起来,当然觉得这是青春电影里英勇的一帧,可是我们对付的,不过是一个初来乍到毫无根基四十余岁的女老师。我热爱我的母校,可我坚持认为,那场事件里的大多数人,和写在一进的校训"科学民主求真",没有半毛钱关系。

如果我们足够坦率,就会发现,我们的十几岁真的不像国产电视剧里勾勒得那么美好,青春像身上的校服一样拖拖拉拉,束缚比高领毛衣更厚重,所谓的自由不过短短几里回家路,大多人对待爱情不是跃跃欲试就是不屑一顾,没有足够的情商把喜欢的人变成愉快的相处。只是回忆自带美图秀秀功能,硬生生地把穿在你身上惨不忍睹的实物图,PS成了如梦如幻的模特效果。

天涯上曾有女人形容自己脸嫩——都说我像中学生,后来有楼主开了一个楼来放各地的中学生照片,其中的大多数都惨不忍睹,至此"像中学生"这个梗成了一个笑点。我们总是下意识地觉得,高中生都长得像奶茶妹,化了妆都会变成范爷,然后事实要残酷得多,我们的中学时代并不是甬道上茂密的香樟，我们的成年生活也不是钩心斗角甄嬛传——别再说自己学郭敬明戴虚假的笑脸面具了，人家挣出上亿资产了你有吗？

我的确丢了在作文中已经祭奠了一百遍的"直率"，我就算再疲倦再烦躁，也客客气气地对待周遭的人。而你却还是把喜怒哀乐挂在脸上，自己的沮丧需要别人买单，碰到糟心的事就一整天挂着脸，打着最佳损友的旗号刻薄朋友，你信奉那句"我抽烟纹身骂脏话但我是好姑娘"，可是哪怕精心装单纯无辜也好过你袒露真实丑恶，一个人如果付出的努力更多，她便配拥有更好的。你也不是真性情，你只是智商低心胸窄，还相信那些编剧的鬼话，以为一无所有天真莽撞的女生，还真TM能碰上好男人。

别再做梦了,现行的考试体制,袁湘琴基本没法跟江直树一个学校。

时至今日，我终于老成了小孩子们口中的阿姨，可我一点都不觉得遗憾和难过。我可以光明正大地穿高跟鞋，我可以穿着膝盖以上的裙子在校园里行走，会打扮的女生不再被视为异端，我们不再热衷于抱团了，不再用孤立别人来获得群体的收纳。

我甚至觉得庆幸，我的记忆里有那么多脏兮兮的画面，可是我居然还能安然地面对阳光，见证过那么多不堪的眼睛，居然还能映照出温暖的光线。我有了自己的是非标准，不再为了一个期末奖项而放弃言论，不再对着肮脏的事情装聋作哑，不再是个只会抄写和背诵的好学生，我成了一个人。虽然为此要付出好些代价，我也不知道那些莫名其妙的勇气会留存多久，但至少在此刻，我有了讲话的权利，也有人愿意倾听，我有了改变的能力，最起码改变自己，这样已经足够幸运了。

　　我成了阿姨了，我努力地积攒爱和温暖，自由和勇气，以便有朝一日，送给一个有着柔软手指的小朋友。

最女人的女人

黄竞天

外表比女人还要女人的人，内心会强大到比男人还男人。

我认识的同龄人当中，有一个有趣的姑娘。她被很多人称作女神，她喜欢夸张的唇色和复古的造型，常常在社交网络上po自己唱歌跳舞的照片，常常外拍，形象气质俱佳。她身高167，体重不过百，常年保持健身习惯，身材健康修长，盘亮条顺。

在她的每一张演出照或者外拍照的下面，总是有很多粉丝和崇拜者给她留言，称她作女神，向她请教如何保持肌肤的白嫩和身材的健美。她有时会回复，答案也很简单，保持运动。

很多人留下了羡慕嫉妒恨的情绪，膜拜她的人也不在少数，但是她总是很淡定，默默地做着自己喜欢的事，既能在舞台前面高歌艳舞、在镜头前摆一些高贵活泼的姿势，又能静静地在家里做做女红、烤烤西点吃。有很多人不理解她，认为hold不住她，她却也不苦恼。

世界这么大,总会有人欣赏我。她这样告诉我。

即使她在所有人的眼里都是一个女神,但在我眼里,她只是邻家的一个小姐姐。

我认识她的时候,她的身份是我哥哥的前女友,那个时候的她,低落、悲伤,像一只无助的小猫,窝在角落里独自疗养着情伤。她是一个很简单的女孩,爱上一个人就对他掏心掏肺地好,但是感情总是不能够成功,她就对自己狠,跑步、健身、跆拳道……一次次的厮打和一滴滴的汗水练就了她强健的身体,也锻炼了她的心。

我看着她一点点地变瘦、变美,身材越来越好的她,开始穿着性感高贵的礼服,将自己展示在聚光灯下,舞台上的她、照片里的她,一颦一笑,尽是自信和魅力。我很高兴她变得那么好,但我从不觉得她辜负了任何一个称呼她作女神的人。

因为她很努力。

在舞台下的她,每天挥汗如雨地健身。不熬夜、不泡吧,从来不把自己的美貌当作换取物质的筹码。她的兴趣爱好都很良家妇女,绣绣花、练练字、烤烤饼干、看看电影,算得上一个宅女。

所有羡慕她在舞台上光彩的人都没有看到过她每一滴汗水落下的

时候，那都是实打实的辛苦。她的外表一天比一天更女人，但是内心，却渐渐地坚强如男人、独立如男人。她在舞台上红唇烈焰，扭动腰肢，在舞台下挥汗如雨、严格自律。

我从来不会羡慕她的生活，因为她值得。

我只觉得，只有像她这么努力的女性，才值得拥有这样的好相貌和好身材。才值得在华美的聚光灯下表现自己,让所有人赞扬她的美丽。

有些女人，你看到她们的时候她们总是很美丽，很动人。她们身材曼妙、脸蛋精致、举止大方得体、品位高雅。她们获得的一切好像都是天生的，让人羡慕嫉妒老天给了她们所有的好东西。

若是说这些女人有什么相似之处，就是光鲜亮丽她们从来不会让你看到她们辛苦狼狈的一面，或者说，作为观众的我们，自动忽略了她们成为女神的过程中付出的汗水和努力。

有一次,在去日本的飞机商务舱里,我遇到过一个内地的时尚编辑。

她的皮肤状况护理得极好，眼角也鲜有细纹，就连最容易被人忽略的耳后皮肤也白皙光滑，单单看皮肤状况,和二十岁出头的女性无异。但是她淡定的眼神，处变不惊的态度让我觉得她应当已经处在二十岁的后半段了。果然，拿过名片一看，已经是时尚杂志的主编级人物了。这次是来日本采风兼休假的。

我仔细打量了一下她的穿着，她穿的衣服，说实话，很简单，和我想象中的时尚女魔头的造型一点都不同，并没有非常吸引眼球，反而让人觉得舒服而且容易接近。

我委婉地表达了这个意思。

她笑了笑，说："你是不是以为所有的时尚编辑都要打扮得和穿prada的女王里一样？"

我不好意思地点了点头。

她微笑着说："其实很多人都是这么想的，但是你想知道真正的时尚是什么吗？"

我很好奇，请她快一点讲给我听。

"其实，一个人最大的时尚就是你自己的气质。"

"所有的衣衫或是化妆品，其实都是在给你的气质加分。本身的气质好,不需要多少打扮,就能够让你大方得体;但是若人格猥琐,纵使穿着再高贵的品牌都会像是假货、涂抹再贵重的化妆品都会有风尘气。"

"在过去的欧洲,贵族的为了和下层人民区分开来,会故意将自己阶级使用的语言进行一些改变。都说维多利亚说得一口高贵的伦敦音,就是一种通过语言将上层社会独立区分出来的方法。下层的人民都喜欢模仿贵族的打扮。其实并不是贵族们的打扮有多么时尚特殊,只是希望模仿这种皇族的身份和高高在上的 exclusive 的感觉。但是下层的人民终究不是贵族,就算勉强模仿,也会学得四不像,所以暴发户和商人一直是被贵族们所不齿的阶级,认为他们虽然有一点钱,但是气质粗鄙。真正的贵族气质,是一种文化环境和习惯,是无法依靠外在的模仿获得的。

"所以,很多经典的美人,比如玛丽莲·梦露、奥黛丽·赫本,或是中国的林青霞、王祖贤,人们只看到她们的经典造型,学梦露扬裙角、学赫本穿香奈儿小礼服,或是学林青霞她们画英气的粗眉,但是这些模仿者都没有发现,这种外在的因素只是这些美人儿内在气质的体现罢了。要成为性感女神,就连一个普通的微笑,梦露都需要对着镜子进行无数次的练习,才能够让自己的笑容无论从哪一个角度,都是完美诱人的。内在没有这种浑然天成的性感,就算下水道的蒸汽把裙子掀得再高,都不过是一个在人前哗众取宠的小丑罢了。

"观众们永远不会在意你付出了多少的努力,她们只会看到你人前的光辉，觉得你获得的一切成功都是从天而降的。

"我刚刚开始做编辑的时候，也是一个什么都不懂的小姑娘。当时觉得时尚界很好玩，又有很多好看的衣服穿，很能够满足自己的虚荣心。但是，真正把时尚当作工作之后，才发现一切都不止那么简单。漂亮光鲜的时尚大片不会从天而降。从最开始的确定选题，到找服装、找模特、确定场地、拍摄、定稿等等，每一个环节都是一个独立的考验。

"我曾经穿着高跟鞋捧着一大堆衣服在三四十度的夏天满城市地跑，我曾经为了一张底片在发三十九度高烧的时候从中国的北边飞到南边，我曾经一个月每天只睡四个小时以内，只为做一个专题，但是最后还是被毙了。时尚编辑就是这样的一种工作，将光鲜好看的时尚肢解成一个一个现实的元素，再将他们组合起来，送到读者们的眼前。

"因为这个工作，我也第一次开始考虑究竟什么才是真正的时尚。生活中的时尚教主、时尚女魔头们其实私底下也是普通的人，但是他们知道自己的气质和特点，会通过打扮将自己原有的气质凸显出来。他们的打扮也各有特色，但是每一个都不会过火。他们知道最重要的是自己的气场，其他的服饰只是辅助而已。

"所以，当有一天，你觉得你不用考虑任何的时尚元素，但是有自信自己能够镇住全场，到了那个时候，你就拥有真正的时尚品位了。"

编辑说完这番话，笑着把头转向窗外。

我突然发现，即使在飞机上，她还是整整齐齐地穿着一双黑色的过膝高跟皮靴。因为穿着短裙，左腿搁在右腿上，双腿优雅地倾斜着。

我想，我大概知道她为什么能够当上时尚杂志的主编了。

十八岁开始，女孩成熟的美丽开始绽放，二十多岁的女孩，因为青春，因为丰富的胶原蛋白，都像是绽放得正好的鲜花，都很美丽。但是这种美丽是一种粗俗的美丽，是一种野生的美丽，像是经过一夜累积的露珠，随时随地都会消散在清晨的阳光下。

真正能被称得上有女人味的人，还要在二十五岁或是三十岁以后的女人中找，而且，这些女人往往在年轻时并不出众。这些从未被称作美女的女人，却能够随着岁月的积淀，成为真正的女神。

女人味并不是天生就有的。年轻的女孩又萌又可爱，但这种状态可不能抵抗岁月的侵蚀。赫本息影之后投身慈善，她抱着非洲孩童的模样，让人感到了圣母一样的光辉。一个女人，能够意识并且运用自己的女人味，往往需要经历很多的困难和磨炼，她们被否定、被打击，渐渐地才会找到自己最强的武器——

外表比女人还要女人的人，内心会强大到比男人还男人。

年轻时拥有美丽容颜的女人，往往自信于自己的容貌，因为容貌，她们拥有足够多的赞美和追求，多到足够让她们高枕无忧地一直老去，终于有一天，衰老在不知不觉当中夺去了她们因为年轻而带来的美丽和鲜活，但这个时候，除了咒骂岁月是个婊子和小偷之外，别无他法。世界上永远不缺更年轻的女孩、更鲜活的脸庞，总有一天曾经的校花成了明日黄花，旧时的姣好容颜只能在照片和记忆中寻觅。

但是，那些努力的女孩，即使在年轻的时候容颜没有被大众所认可，即使生活过得默默无闻、了无生趣，但是她们一点一点地学习怎么让自己变得更漂亮、学习怎么让自己变得更优秀、学习怎么让自己变得更有内涵。

唯一能够应对时间流逝的方法就是对自身能力的积累。

终于有一天，她们能够变成她们梦想中的形象，只要她们坚持，只要她们足够努力。

请记住，当你真正成功的时候，没有人会在意你当时是多么狼狈不堪地一路摸爬滚打过来，观众们只会看到你展示在人前的美丽和自信，崇拜甚至嫉妒你的好运，但只有你自己知道，这一路走来，你掉过多少汗水、受过多少委屈、心里曾经有多痛。

萍萍就是其中的佼佼者。

上一次我见到她的时候,是在她先生的店里。

她的头发整齐顺滑的修剪及肩,化着得体的淡妆,穿着黑色的贴身线衫和短裙,带着夸张的银质大耳环,看上去要比七年前她刚进城的时候还要年轻漂亮。

每年都会有很多农村的亲戚来看她,一踏进她装修豪华、宽敞明亮的家,大家都感叹她的福气好,找了个有钱又体贴的丈夫,还纷纷表示要把自己的孩子送进城里来,要和萍萍一样闯一闯。每次听到这样的话,我看到萍萍的脸上都会礼貌地笑一笑。但是我知道,她那只是礼貌的苦笑。

萍萍刚来杭州的时候只是一个酒吧里的啤酒妹,穿着厂家的暴露的制服,游走在一桌桌宿醉亢奋的客人间推销酒水。刚从农村出来的她并不能习惯城市的喧闹和城里人的大胆。醉酒的客人常常透过啤酒妹的短短制服有意无意地触碰她光滑的大腿和胸脯。她告诉我,那是她人生中最不堪忍受的一段时光,她恨不得马上回老家去喂猪,甚至是种地,都比在这里出卖尊严要好。但是她必须挣钱让自己的弟弟读书。

即使在暗地里一次次地哭,她终究是坚持了下来。每天身兼数份工作的她经常累得在店里的桌上睡着。后来,酒吧的老板喜欢上了她质朴诚实的性格,选择和她在一起。

就算在结婚之后,萍萍还是没有安心在家做少奶奶。她每天严格控制饮食、坚持健身锻炼,参加各种培训班学习英语。最近见到她的时候,她告诉我,自己最近迷上了斯诺克,可能有机会见到潘晓婷,让这位台球美女教自己几招。

我看着光彩熠熠的她,七年前那个羞涩土气的农村少女早已经不见了踪影。

"为什么你现在还这么努力?"我知道她的丈夫很有钱,要养她完全不是问题。

萍萍眉毛一挑,稍稍沉默了一会儿:"其实我一直都很努力。"

"因为我知道,只有靠我自己努力,才能够得到我想要的东西。"

这个世界上,别人不会在意你有多努力。所以,你更要对得起你自己。

被提前的和被拖延的

倪一宁

> 你其实从来都只是身临其境，没有试过从安全区越境。

我最近时常有一种感觉，我在把十五岁、二十五岁、三十五岁混着过。

十五岁的那个我，惊异于中国史助教英俊得古今咸宜的脸，一冲动就拿了期中考满分；二十五岁的那个我，整日对着橱窗算计着巴黎世家的新包，盘算再写多少字就能拥它入怀；三十五岁的我，跟我妈聊谁家女儿出国勾搭上了南洋首富，埋怨她当初心疼每年五十万，现在损失了五百平。

但事实是，今年我刚满二十岁。

那次买票进影院看《致青春》，跟屏幕上的剧情相比，观众席上的反应更戏剧性。旁座跟我年纪相仿的女生，不断输入短信又逐宁逐句删除，哭得肝肠寸断。陈孝正在开水房里咆哮着说分手的时候，很多女孩子悄悄戳了戳男友的手臂，低声说你看，现实多残酷。

对着一圈平均年龄不超过二十五岁却代入感强烈的观众，我很想拉住他们问一问：明明过的是牵手上自习的日子，怎么就能感同身受抉择前途和爱情的严苛命运？

可转头一想，我自己不也是么，排除了确定毕业要出国的，因为知道异国恋肯定分，排除了偏远农村的，因为讲究成长环境相似，排除了父母离异的，因为相信家庭环境对人的潜移默化影响；甚至排除了打飞的看 NBA 球赛的富二代，因为我妈反复强调"门当户对"。

——这些排除选项，所谓的"雷区"，我一个都没踏入过，对我而言，它们都只是教条而非教训。但我仍然恪守了，不止恪守，我还用阅读来装点门面，把那些枯燥的"老人言"修饰得有理有据声情并茂。

我把四十岁的慨叹强行移植到自己脑袋里，还靠那点文学素养把它修剪得枝繁叶茂，旁人看了都一阵恍惚，以为背靠这棵从未扎根的大树真的能乘凉。

当然，这事也不能怪我，放眼望去，二十岁的男生们在机场励志书架前翻阅李开复、曾国藩，女孩子们被妈妈耳提面命"相处久了都一回事,还是房子靠得住"。我有靠倒卖小米手机赚得第一桶金的朋友,有第一次约会就套出对方住址的朋友,有深谙出国申请潜规则的朋友,有讨来 Gucci 空纸袋摆拍的朋友,他们活得很好,在成功人士的道路上一往无前春风得意马蹄疾,只是我有时跟他们聊天,脑袋里会蒸腾起一个念头——二十岁的他们,怎么跟饭局上剔着牙说中南海秘闻的叔叔伯伯,麻将桌上攀比镯子材质的阿姨婶婶差不多。

这样也就不难理解,为什么《同桌的你》这类瞄准八十年代大学生的怀旧情结的电影,会同样精准地射中九零后的心脏——我们也有过碰到对方手指都红着脸躲避的年代嘛,只是被提前到了初中;我们也有过机场依依惜别的桥段啊,只是那年才读高二;等到了大学,我们已经学会了跟市场经济互联网时代巧妙周旋——搞创业的知道要噱头,搞学术的全靠导师,女人嘛,干得好不如嫁得好,文凭只是敲门砖。也是,发福的高晓松都娶了又离了 90 后美女了,你凭什么不从白衣飘飘的虚妄时代抽身?

杨绛说,问题在于读书太少想得太多,要我说,我们书读得不少,吸纳得也挺多,只是聪明到不敢试错。干脆承认吧,我们这一代,其实都是默认了"预设方案"的人。

——我们都还没有见过海,就知道该在海滩上用手指写下姓名圈个爱心;还没有见过山,就知道要在登顶时高高跳起抓拍矫健身影;还没有尝试初恋，就知道它必定夭折只留下日记里语焉不详的怀念；还没有坚持初心，就知道现实嶙峋得一塌糊涂，理想主义者必定粉身碎骨。

我们都太迷信别人的经验，靠阅读和辗转听说，透支了对未来的期待和新鲜感，以后哪怕去了海边登上高山吻了初恋拥抱了理想，也只是一场按图索骥。你拿着旅游攻略摸索到了那条小巷子，点点头说和别人的描述差异不大，然后比起V字合影留念，好了到过了，接下来就该返回故地继续寻常人生。

你其实从来都只是身临其境，没有试过从安全区越境。

但另一面，不断被提前人生步骤的我们，又特别擅长往后推延。

几乎我所有的朋友，都爱设想"以后有了钱"的场景。高蹈一点的，说要捐款做慈善，清新一点的，说要环游世界，家国情怀的说要扶助西部贫困县，精英主义的要送孩子出国接受最好教育。对他们而言，人生是分成两截的——前半段为生计打拼为爱马仕毛毯卖命每天坐地铁去陆家嘴上班，后半段爱咋咋地高兴了也能顺手支持一把高喊口号的年轻人，至于具体要多少钱才能切换人生主旋律，他们不确定——"反正是很多很多，多到能够提供安全感，能够任性地支配人生"。

可是，既然对人生不是别无他想，为什么不能以二十岁为起点，非要以四十岁、五十岁甚至八十岁为端点才开始践行自我呢？

他们用那种垂怜的眼神看看我，循循善诱："你知道gap year一年，对将来找工作影响多大吗？你知道去西部支教，等于耽搁了多少前程吗？你知道两个外省人在一线城市供房贷有多艰难吗？你知道跟艺术搭边的工作有多难出头吗？不是谁都能试错的，犯错需要资本，只有父辈提供了充裕的原始积累的人，才能在撞墙后迅速回头，我们普通人都是踩钢丝，一失足就是落进山谷，永不翻身。"

很长一段时间里，我也相信这是真理，就像相信四十岁前拿健康换财富，四十岁后用财富换健康是成功的铁律。但，看多了四十岁后积重难返的身体状况，我就开始困惑——四十岁怎么就能成为一个转折点，硬生生把人生拗到新的方向呢？就像一个成天大嚼汉堡拿可乐当水喝的人，怎么能突然习惯吃素一样，一个从来都在为更高的经济效益奋斗的人，怎么就能突然拥有社会责任感呢？要是前半生都在不择手段地原始积累，要怎么在四十岁时捡回初心重新划定道德底线呢？

再则，非要拥有足够财富，再来谈奉献谈梦想谈实现自我价值的话，这个"足够"是要多够呢？要知道，安全感这玩意，比爱情还不可捉摸，高更流落荒岛双眼失明都觉得自己坐拥一切美妙，金正恩身为八零后权势排行榜第一名仍然在忧虑朝鲜人民所剩不多的好奇基因。就算这个"足够"可以有确切衡量的指标，发财的也就那么几个人，那剩下的，全都任由灵魂逐渐干涸寸草不生吗？

虽然唯物主义教导我们，物质基础决定上层建筑，但仔细想来，一个人的社会责任感，真的必须以经济发展为条件吗？一个毕业生选择职业时不热衷于跟大潮，一个美女考量伴侣时不纠结房子多少平，一个官员做决策前想一想底层，需要拖累多少 GDP 呢？每次看到有人用资源很匮乏经济不发达来为年轻人的利己主义开脱，我都会想，房价和梦想之间，名表和责任之间，钻戒和真爱之间到底有什么关系呢？到底有什么关系呢？到底有他妈的什么关系呢？

所以，在近年的国产烂片热潮里，我最痛恨那类"校园里你侬我侬，一毕业就你死我活"的戏码，就像四十岁不会成为人生主旋律的分水岭一样，一扇校门从不能阻隔纯真和市侩，踏入社会后随波逐流的人，本来也就是在考试前缠着老师套题的人。他们怀念所谓的干净的初恋，也就像《雷雨》里的周朴园怀念鲁侍萍一样，只是为了证明胸腔里还有心脏跳动，血管里尚存一点温热，赶她出门时，下手可是干脆利落。

退一万步，就算现实真的步步紧逼，情怀节节败退，你也先勉强交手几个回合吧。这世界才刚虚晃一枪呢，你别掉头就跑。

吝啬小姐

小北

任性的女孩,一路和吝啬小气的她斗了无数个四季轮回。终于转眼间二十个春秋过去了。

吝啬小姐是我见过最小气的女人。

在我还没有记事开始,她的小气就已经远近闻名了。听说她家房子的灯总是村子里最后一个亮的。听说她脚上的布鞋也是村子里穿得最久的。听说她家院子里桃树上结的果子也是村子里最后一个吃完的。

在我年幼无知的智商里,这些理解起来似乎还需要绕几个弯,并且离我太过遥远,所以六岁以前,她的小气和我没有半分关系。

1998年,我六岁,已经是村里面臭名昭著的混世小霸王了。这个称号还得归功于我那不知天高地厚的胆量。

那个时候，《还珠格格》刚刚开播，我家又是做爆竹生意的，一放学就会有很多大姐姐来我家插炮引子挣零花钱。我一逮着机会就去偷鞭炮，偷完一个立马点燃丢到她们的脚边，"砰"的一声，吓得一群大姐姐花容失色全部改口叫我皇阿玛，家里面也时不时传出"皇阿玛，饶命"的声音。配合着电视剧的剧情，为我童年的霸王之路拉开序幕。

也许是常被人叫作皇阿玛，我小时候从来不觉得自己是女生。留着一个小平头混在一群男生中间，整天破坏小姑娘的过家家游戏。一次，村里几个同龄的姑娘玩跳田，我和几个小王八羔子趁着姑娘们不注意，把她们的鞋子全部藏了起来，等姑娘们发现了问我要的时候，我就让她们把手指拿来给我咬一口，咬完一个手指还一只鞋子。从那之后，再也没有姑娘把我当作她们的好朋友。这也更加坚定了我要当混世小霸王的决心。

听起来这些与岩啬小姐没有多大的关系，但是又确实存在着一些前因后果的关联。我七岁的时候，和邻村的一个毛头小子干架，逮着一颗石头就往人家脑门儿上扔。结果"叮咚"一声，毛头小子的脑门儿上被我砸出一个大包。在我们村有一个习俗，脑门儿上起大包就必须得抓一只老母鸡来吃。毛头小子硬是跟着我回了我家。一到我家一屁股坐到门口的板凳上哭着闹着赖着不走，非得让岩啬小姐抓一只老母鸡给他带回去。

结果吝啬小姐从厨房捣鼓了很久拿了四个鸡蛋给了毛头小子，并告诉他这些鸡蛋没过多久就会孵出老母鸡。毛头小子听完立马止住了哭声，抱着未来的四只"老母鸡"傻乎乎地回去了。我当时心里有种说不出的难受，觉得吝啬小姐爱我不如家里的那只老母鸡。

这也是我第一次非常直接地从她的身上感受到了小气。

等我上了小学之后，吝啬小姐加注在我身上的小气越来越多。比如我同桌小灰的笔盒里有各种各样不同款式的橡皮擦，还常常没有用完就立马更新款式。而我每一次都只能用一些缺胳膊少腿的橡皮擦，而且总要用到只剩最后一丁点儿的时候，吝啬小姐才会给我换一些稍稍大点的缺胳膊少腿的橡皮擦。再比如当我终于意识到自己是女生并有了女孩爱美的小心思时，总是羡慕同龄人头发上的各式各样的小红花，吵着闹着让吝啬小姐给我买，而她在我说完很久很久之后才拿出一朵花来，还是自己做的。害我戴出去之后被那些女生嘲笑了好一阵子。之后那朵花不知道被我丢到哪里去了。

其实吝啬小姐不止对我一个人小气，对她自己也同样如此。那个时候我爸妈在县城里开服装店，逢年过节的就会给吝啬小姐带很多漂亮的衣服。但是我一次都没有见她穿过。她总是把那些衣服洗干净后叠得整整齐齐地放到她床后的大箱子里。记得有一次我好奇地想去翻开她那些漂亮的衣服，趁她不在家的时候偷偷把箱子打开了，竟然发现里面存了好多宝物。有金手镯、银项链、玉耳坠，还有好多闪闪的东西，那个时候我才意识到其实她一点也不穷。她是真的很小气，于是，第一次对她产生了讨厌的情绪。

上了初中，开始了叛逆的青春期，那个时候很迷SHE，身边的小伙伴开始问家里要钱买复读机，然后去二手货市场淘那种五块钱一盘的磁带，放进复读机里面学歌。当时父母忙生意没空搭理我，我只好问吝啬小姐要钱。晚饭过后，我把想法告诉了她，没想到她气得把筷子摔到地上对我说："不好好学习，学什么洋人听一些乌七八糟的歌。"然后一路骂骂咧咧地洗碗去了。我看着她的背影想起了她压在箱底的那些金银财宝，对她的讨厌又加深一层。

复读机没有买成，我就用家里的电话听歌，电话点播歌曲一小时一块钱。当时没有什么金钱的概念，只想着要赶快学会一首新歌去小伙伴面前炫耀，结果一个月听掉了吝啬小姐100块的电话费。我记得当时我在房间里做作业，吝啬小姐交完话费之后把我从屋里揪了出来，对着我一顿大骂。那也是我第一次同她对骂。骂到最后，我整整一个星期没有理她。

上了高中后，叛逆的情绪越来越浓烈，对吝啬小姐的讨厌也越来越深。那时去了县城读高中，每周回家一次，在学校期间是没有电视看的，所以回到家后恨不得整日整夜地掉进电视里。但是每晚我看电视超过十点时,原本以为已经睡着的吝啬小姐凄厉的声音从墙壁外渗透进来。

她说:"几点了都,还不睡觉。只知道看电视,你不要学习了啊!"

而我每次铁了心和她作对到底。把电视调成静音,开到半夜两三点。因为那个时候在我心里她不让我看电视只有一个理由,就是舍不得电费!

任性的女孩,一路和吝啬小气的她斗了无数个四季轮回。终于转眼间二十个春秋过去了。

我告别了不懂事的叛逆年代,拖着一个行李箱迈入了翘首以盼的大学时光。离开了吝啬小姐,离开了那个生活了二十年的小镇。

那是我第一次带着吝啬小姐坐火车,她也是第一次从床后的大箱子里拿出了一件新衣服穿在身上。她对着镜子穿衣的时候问我好不好看,我笑了笑点点头。原本以为她终于不再小气时,她又开始了新一轮的吝啬之路。

坐火车的时候,我口渴想买一瓶水,只见她从自己的布包里掏出了一个用了好多年的洋瓷缸去给我倒水。看着火车上其他人异样的眼光时，我真恨不得眼前这个人从我的世界里立马消失。

在自尊心爆棚的岁月里，对吝啬小姐小气的厌恶一直没有消失过。一直到我大学毕业工作上班，吝啬小姐也依然没有任何改变。

她来北京的时候，我去西站接她，远远地看着她背着一个大布包，包里装了很多在超市遍地能够买到的蔬菜水果。我骂她："大老远的背这些你不累啊！"

她露出一脸羞涩的笑容说："还不是怕你吃得不好不健康。家里今年的桃子可甜了，还有西瓜结了老大一个呢！"

我十分不耐烦地想接过她的包时，她却死死地抓住不让我拎，说怕弄脏了我的衣服。

我就那样轻松自在地走在前头，吝啬小姐背着一大包东西走在我的身后，仿佛两个世界的陌路人。

今年年初，吝啬小姐病倒了，在医院躺了两个月。出院的时候我和老妈去接她，看她把医院里用过的一些一次性的纸杯牙刷毛巾还有卫生纸通通装进了一个兜里，气得我想骂她的时候，老妈制止了我。

回家的路上,老妈说:"这么多年她都习惯了。"

"是啊,这么多年,其实我也习惯了。"

习惯了她舍不得花一块钱买一瓶水,总是拿着自己的洋瓷缸装着一杯水带在身边。

习惯了她舍不得花两角钱买超市的塑料袋,总是拎着自己用了很多年的军绿色口袋。

习惯了她吃饭的时候不喜欢我们浪费粮食,总是把吃剩的菜倒进一个碗里然后放到冰箱第二天接着吃。

习惯了她每次用家里新装的水龙头时,总是喜欢用一个盆接满,然后再用一个瓢一点点地舀出来。

习惯了她常常和我们打电话的时候,总是催着我们挂电话说讲多了浪费钱。

我记得上高中时读《欧也妮·葛朗台》,当时总觉得吝啬鬼葛朗台和吝啬小姐是同一类人。而他那个装金子的盒子和她床后的大箱子也总能巧妙地重叠在一起。

直到有一年，我妈偷偷告诉我说吝啬小姐给我存了很大一笔嫁妆，我才发现这两个盒子有着天壤之别。

突然记起年少时期的那只老母鸡，好像最后还是吃进了我的肚子。

呵呵，看，这个陪伴在我生命里二十多年的吝啬小姐，我叫她外婆。

在我关机的一周里

许戎墨

那年我没有手机,只有一张学生证。
那年我知道自己是谁,也不孤独。
那年我很幸福。

两周前,我失恋了,不少朋友来安慰我,通常接到电话,就听到对面一声吼——"来,出来喝酒。"

连续喝了一个礼拜,喝到麻木。

席间我一句话都没有,倒酒、碰杯、面无表情,一饮而尽。

朋友问我,你没事儿吧?我说挺好的。

他们说:"得了吧,难受你就说出来。"

我说:"真没多么剧烈的难受,就是有点儿蒙,有些孤独。"

那是一种怎样的感觉呢？

就算我身边坐着好多人，但我仍感觉自己孤身一人。与周围的世界格格不入，只有自己。

在一个晚上，我与一位堪称知己的朋友通话，在经历了二十分钟死一般的安静之后，我挂断了电话。

我突然觉得，自己可以告别手机了。

既然怎样的陪伴，都是孤独，那还不如让孤独来得更彻底些。

在我滑动关机，还没松手的那一刻，手指停在那里，脑海中蹦出许多想法。

我有好多朋友啊，他们有要紧事情找不到我怎么办？他们很需要我的时候我不在怎么办？微信上朋友找我怎么办？编辑找我怎么办？微博上没处理的私信怎么办？

还有好多电子书和 app 啊，还要看新闻啊，还要听 VOA 啊，还要用支付宝啊。

不过几秒钟，也就释然了。我觉得世界并不是很需要我，离开我，每个人也都会活得很好吧。

我松开手指。把手机扔进抽屉里。

在那一瞬间,我感觉世界清净了。

1

好在我有一位学霸室友,我让他每天叫我起床,跟着他一起吃饭、上课,自习。

刚刚关机的第一天里,简直是煎熬。就像自己与周围的所有联系都被割断,像个被抛弃的孩子般手足无措。我时常习惯性地把手伸进风衣的口袋,却什么也摸不到。

有些无奈,有些失落。

课间的一分一秒都很漫长,无奈,我只好低头看看书,复习上节课教授讲的内容。

我看着低头看手机的人们,每个人盯紧屏幕,有些投入,又有些焦躁。仿佛在用这一方小小的屏幕,去逃避周身的一切喧嚣,或者逃避的不是喧嚣，而是独处的时间？

人都说，一寸光阴一寸金，时间太重要了，而在这十分钟里，人们弃时间如敝屣，这十分钟是多么煎熬恼人的事物，大家都纷纷回避。

我想我们逃避的，可能是孤独。

在这方屏幕里面，我们暂时忘记了自身孤独的处境，融入信息的海洋，变成一粒水，跟随着数码洪流的波涛，把时间赋予我们旷大的孤独罩在衣领之外。

生而为人，时光漫长，我辈年轻人，却何其不幸。

第一天晚上，我在九点半回到宿舍，大家都躺在床上或坐在桌前，玩着手机，敲着屏幕，看着电影。我像个呆子一般坐在床上发愣，不知道该干些什么。

手机就在抽屉里，下床就可以拿到，十五秒钟之后，我又化身在屏幕里百忙缠身的我，看看新闻，刷刷微博，水一下贴吧，一个小时，不过低头的一瞬间。

煎熬啊，抉择啊。

我匆匆跑到楼下的超市,买了一把锁。

我打开抽屉,盯着静静躺在抽屉里的手机,不敢再多看哪怕一秒,把抽屉推进去,上锁。

我走出寝室,把钥匙扔进厕所,按下了冲水键。

流水他带走光阴的故事,改变了一个人。

2

校园里的同学们,也都是匆匆的。匆匆忙忙地走路,匆匆忙忙地打招呼。在放下手机之后,我突然感觉自己和所有人不在一个时间的轨道里。他们的脚步,他们的动作仿佛快进一般,而我是闲闲洒洒的观察者。有一次选修课,快要迟到了,我没有戴手表的习惯,却很想知道现在是几点钟,只好尴尬地拦住一个抱着好多书的女生,问她,同学,能告诉我现在是几点吗?

她像看怪物一样看了我一眼,把一摞书艰难地扔到我怀里,掏出手机,没好气地对我:"四点零三分。"

"哦,还是迟到了。"

她问我:"你没有手机吗?"

我说:"嗯,我没有手机。"

她抱着书匆匆地走了。

仿佛没有手机的人,都不是正常人。

就连扫马路的清洁工人都有手机,一个衣着得体的学生,怎么会没有手机?

我在想,没有手机的人,很不正常吗?

不过没有手机,的确是很不方便。

其实我是个看起来外向,但其实有些内向的人。总有些面孔,熟悉却又不是那么熟悉。你们互相脸熟,却不知道对方的姓名。以往碰到这样的同学,我都是假装看手机,好像来了一条让我不得不低头回复的短信,便可以理所当然地避开尴尬的四目相对。

但现在不行了。

我没有手机可以掏出来,只能硬着头皮迎上去,笑着和他们打招呼,他们也笑笑，冲我挥手。

那是我为数不多冲他们打的招呼。心跳过后，突然觉得，其实也不是那么难。

人的笑容其实也可以很温暖，即使不是很熟悉，即使不知道对方的姓名。

我们在QQ、微信、Line、Skype、微博、人人上给陌生的人发出夸张大笑的电子表情，却很难对熟悉的人笑出一弯自然的、发自真心愉悦的弧。

3

笼罩在失恋阴影里的我，有一天下午，我特别难受，特别想见到可乐。

说来好笑，我与可乐相识一年多，知道她的手机号码，知道她的微信人人skype微博还是特别关注。

我知道她的学校，知道她的专业，却不知道她的班级，她住在哪一栋宿舍楼。

我打车到山财舜耕校区，满校园转，奢望能遇见她。

转完一圈，找不到，心急如焚。又回到校门口。问门卫大爷，老师您好，您知道可乐住在哪儿吗？

说完这句话，我都觉得自己没有智商了。

大爷像看一个傻逼一样瞅着我，说："啥？"

于是我就又在校园里游荡，打听出金融学院的女生宿舍楼在哪里，我坐在她的宿舍楼下，一直等啊一直等。我并不知道时间，也不知道她会不会在宿舍里，更不知道她会不会出来。我只知道天黑了下来，冷清清的，每过一分一秒，心就沉一分冷一寸。

我坐在她宿舍门口正对面,饥渴地盯着每一个女生,落了许多白眼。直到她与舍友一起说笑着走出来的时候，千里寻人的感动与悲怆瞬间涌上眼眶，像是二十年来我翻遍人海茫茫你却音讯杳无，在转身一刻你却出现在我的面前。

我站起身来，很大声很大声地喊，可——乐——

她吓了一跳："大丑！"

我扑上去抱紧她,可算找到你了,可算找到你了。

她尴尬地拍着我的后背,转头对舍友说,你先去吃饭,我要带我的傻儿子去精神病医院。

可算找到你了。

我想起那个"从前慢"的年代,一封信件需要好久好久,才能被另一个人的泪水浸湿。一生遇见那个人真不容易,很可能一转眼就遗落在人海茫茫里,所以必须握紧在手心。人们没有手机电脑网络,人们都很孤独,正是因为孤独,所以陪伴在身边的人才那么重要。所以那个年代,有那么多的白头偕老。

如今,给爱人漫长的情信变成了一条短讯,给父母尽孝的归家变成了隔空问候,为朋友守护的珍宝变成了一句好,给自己独处的时间成为了一个笑话。

我曾奋力爱过一个人,不见天地,不知归返。

没有了手机,寻一个人原来这么不方便。

没有了手机,找到一个人竟然会哭出来。

4

在关机之后,我没有了百度地图。寻找一家好吃的店铺,只能通过一家家店,一个个人地打听过去。电子地图发展到精确到1米的步行导航,你完全可以像个瞎子一样,听他的话,最后也能精确地抵达目的地。

当到了草包包子铺时,我吃着包子,眼泪吧嗒吧嗒地掉,老板看着我这屄样,傻眼了,问道小伙子你咋了。我说,太好吃了,我从您的包子里吃出了感动,感动得想哭,不行您别拦着我,我要端着包子跪在店门口哭。

老板娘也深受感动,大手一挥少收了我三块钱零头。

翻山越岭,只为吃到一份包子。你可知这一路跌撞走来,我有多难?

不过也好,这一路我看着雾霾下的城市,看到行色匆匆的人,看到年轻的母亲牵着幼小孩童的手,眼里全是慈爱的宠溺。

我看到路旁有一只瞎了眼的野猫,心里突然一紧,我靠近它,它却惊惶地逃开,留下空荡荡的我,注目着忧伤纠缠的灌木。

我看到夜色笼罩济南的巷子,昏黄的灯光滑腻了路面,青石板路面柔润如洗。飘光如细雨渗入千家万户,凄清与温暖巧妙地交织了秋末之城,一片桐叶又落了。

我路过东花墙子街的每一副门联,"束雪归砚匣,裁梦入花心"。伫立良久,无由感动。

之前,我从未注意过这些,像是,从未来到过这座城市。

从前我在夜跑时,总要戴上耳机,任由爆炸般的电子音乐驱燃身体,而今狂风呼啸浇灌耳蜗,孤独却自在。看城池阖眼阑珊灯火,听风声寒冽喘息炙热。

在关机之后,我感到孤独,却不害怕孤独。

其实人总是孤独的,只不过我们一直不承认,死不松口自己的孤单。而坦诚地面对孤独之后,反而觉得,没什么可怕的,也没什么不好。不执着妄想,自己也会恬然自怡。

在跑步的时候,没了音乐相伴,我实实在在地感受到了自己。

那么,自己是?

谁?

5

人总是需要一些关系，来证明自己是谁。

这些关系连接到一起，成为一个点，那个点叫作——身份（Identity）。

如今，这些关系在每个人的手机里。

有一种说法，拿到一个人的手机，看 ta 的联系人，便能知道，ta 是谁。

ta 的职业，ta 的年龄，ta 是谁的儿子，是谁的朋友，是谁的恋人，是谁的学生。

可 ta 到底是谁，是一个怎样的人？ta 善良吗？ta 诚实吗？ta 自卑吗？ta 孤独吗？

那么这些身份，到底是 ta 吗？

在我没关机的那些日子里，我是老许的儿子，是青年作者，是会写字的许老师，是模拟法庭的优秀代理人，是最佳辩手，是几个杂志的约稿作者,是好多人的朋友,是某个姑娘的负心男朋友,是几个姑娘的暧昧对象。

这些,都是我的身份。

我享受这些身份,这些身份躺在手机里,躺在微信微博里,每天都会弹出来,提醒着我,自己是谁。

而当我关掉手机,突然发现,我他妈谁都不是。

在护城河边,我掏出身上所有的卡片,发现只有两个证件能够证明我的身份。

身份证——我是一名公民。

学生证——我是一名学生。

好像只有这些。公民,学生。

没了。

而在我关闭手机,一个人上课、一个人自习、一个人吃饭、一个人穿城过巷，没有人能联系到我的时候，我感觉我发现了自己是谁。

　　自己就是自己，自我与自我高度融合。没有了多重的身份，没有了父母朋友恋人，甚至连我的姓名都不甚重要，我只是我自己。

　　这几年，我活得并不让自己满意，感觉总是找不到一个让自己喜欢的自己。

　　我看到无数拿着手机的年轻人，一如看着自己。我们拿着手机、联系着、交往着、逃避着、直面着，将自己置身于网络与数据洪流中的一切，迷失在一片虚假繁荣里，以为看见了全世界，却看不见自己身旁的人、路过的猫，用相机凝固光影，却再也不会沉静地欣赏。沉浸在他人与周围给自己的定义里，以为能够逃避孤独，更以为能够看见自己。困惑着、迷茫着、慌乱着、忙碌着。

　　这些年越长越大，丢失了自己，又在寻找着自己。为了一个缥缈的存在感，为自己筑了很多城墙堡垒，交了很多朋友，说了无数标榜自身的话，为自己标签了无数的身份。躲在这些身份之后，仿佛自己浑身都是铠甲。而当身边空无一物，空无一人，那个蹲下的、背对世界的自己，终于缓缓地站起来，回头转身。

　　我曾孤单如隧道，锻造自身如同武器。

见天地，见众生，终不见自己。在漫长到一个世纪的辩论中，朋友与敌人统统消失，最后面对自己的，只有自己。

我却想起 2005 年的冬天。

傍晚六点钟，青岛 368 公交车上人挤人，一个身材瘦小的学生，背着笨重的书包，左手拿着课本，右手握紧扶手，脑袋上顶着一个夸张的探照灯，颠簸的公车行走在丘陵般的街道，学生眼里的光芒稚嫩而认真。

那个学生是初中一年级的我。

在我关机的一周里，是我最像那年的时光。

那年我没有手机，只有一张学生证。

那年我知道自己是谁，也不孤独。

那年我很幸福。

爱 情 这 把 刀

陈亚豪

"任何东西，只要够深，都是一把刀"。

Z和男友在一起四年，她比男友小五岁，两个人始终生活在不平行的世界里。年龄的差异让两个人的价值观有着难以跨域的隔阂，但Z始终一直坚持守候着这段感情。Z那年高三，而男友已经工作，不同的生活环境让两个人的距离越走越远。男友对Z越来越冷漠，越来越厌烦，做的任何事情从不考虑Z的感受，经常晚上出去和朋友花天酒地。而Z每晚躺在床上，抗着奋斗了一天的疲倦却始终无法入睡，总要等到很晚很晚，等到男友回到家后才能安心地闭上眼，而男友却从未有过任何歉意与愧疚。

Z说，她实在忍受不下去了，想放弃这段感情。我说，你自己会慢慢做出决定的。

"可是我不甘心啊，四年的时光我都耗在他身上了，如果结局是失去他,我真的不甘心。"我一时不知该说什么好,只能告诉她:"爱是爱,不甘是不甘,千万不要弄混。"

K是我的好朋友,他和女友分手已经有一年时间。女孩在这一年交了三个新的男朋友,也许女孩是真的属于那种可以随时甩掉回忆更换记忆的人吧,也可能只是想让自己尽快从K的那段时光中摆脱出来。不管怎样,女孩后来的生活过得不错,K已经逐渐从她的生活轨迹中消失。而K却沉浸在了对她的回忆和感伤中,不停地去和朋友打听女孩的近况,女孩现在的男朋友是个怎样的人,女孩是否真的喜欢他,喝多的时候总是诉说自己是如何的后悔,分开后才知道自己原来是多么爱她。

有天晚上和K出去吃饭,回来的路上我问他,你是从什么时候开始发现自己忘不掉她的,"当我在街上遇到她和她的新男友甜蜜地从我身旁走过时","她是属于我的,一直都是属于我的,谁也不能拥有她,你说她怎么忍心去投入别人的怀抱"。一路上我没有再说话,K也再次陷入了对女孩的回忆和自己的悔恨中。走之前我拍了拍他:"兄弟,忘了她吧,你并不是真的因为爱她,而忘不掉,别再去打探有关她的消息了,你会慢慢释怀的。"

爱是一种很奇妙的感受,无论任何年代,都很难去定义,也从来没有准则,可也正是因为如此,我们常常把那些说不清道不明的情感都归为了爱。

可也许,那些说不明道不白的情感,根本就不是爱。

很多人,总是在即将失去一件原本属于自己的东西时,产生的失落与不甘,看到别人得到曾经属于他的东西而产生的妒嫉混合成的情绪,误解成爱。

L和一个男人相恋五年,五年里男人离开她三次,把她当作旅店一样。想走时起身便走,头也不回,在外面玩累了疲倦了,便门也不敲地就回来。而L一直这样任由他来来往往,五年的时间有三分之一都是在等待、忍受和原谅中度过。曾经很多次大家一起劝导她,还是离开这个男人吧,你没有义务陪他长大,可每次L都是哽咽着对我们说她是如何深爱这个男人,她心甘情愿这样付出,最后都是以一句"我知道这样很傻很懦弱,可我离不开他,就是离不开他"来默默收场。

这些年见到过很多像L这样的人,她们对爱情孤注一掷,愿意倾尽所有,这段感情多么痛苦,无论明知未来是多么的渺茫,也宁愿像个傻瓜一样任人伤害。明知自己爱上的是一个很烂的人,明知他待自己恶劣又敷衍,却无论如何也不愿分开,我一直都想不明白她们究竟是为何要这般苦苦忍耐。

后来才明白，就像电影里一个人被长刀刺穿，伤者总是会说一句"不要拔出"，如果伤得太深，那份伤和痛也就成为了身体中不可或缺的一部分，只得这样过下去。

"任何东西，只要够深，都是一把刀"。

爱得太深，就会有失去时的不甘，就会有看到曾经心爱的人归入他人怀抱时的妒忌。爱得太深，就会有痛苦、有懦弱、有卑微、有不顾一切，有对所有苦痛与伤害的甘之如饴。

爱得太深，其实便已经不再是爱了。爱情存在于这世间的意义应是两个人的相互扶持，彼此的陪伴与鼓励，为了对方努力变得更优秀，为了两个人的未来，努力活得更精彩。在一起时互相守候，分开时，感谢彼此过去的陪伴，然后微笑着真诚祝福。

爱情，是美妙甘甜的，会有苦涩，会有痛楚，要懂得包容，懂得忍耐。但不是为了爱情而去无限度地忍受痛苦，接受伤害。

爱一个人，会有不甘，会不忍离开，会因为看到对方有了新的伴侣而心酸，会对过去惋惜与后悔。但不能因为不甘，因为不忍离开，因为心酸，就继续去偏执地爱一个人。

曾经我常会为像 Z、K、L，这样深厚的爱而感动，为这种无私的爱而心生敬佩，却不知作为旁人，这样的默默认可是在加深伤者刀口的深度，会让她们继续陷入自己那无底的泥潭，沉浸在那段自己被自己感动的扭曲的爱中。

我知道，每一次，当他伤害你时，你都会用过去那些美好的回忆来原谅他，然而，再美好的回忆也有用完的一天，到了最后只会剩下回忆的残骸，一切也都变成了折磨。用回忆来原谅一个人，除了最后一个人的孤独舔伤，什么也不会留下。

当爱情变成了一把插进身体里的刀时，一定要拔出。我知道你会疼得钻心，会痛得歇斯底里，会因为拔出的那一瞬间而血涌如泉，可我希望你相信，你不会死去，更不会无法继续后来的生活。

回想那些我们曾经念念不忘，思念时痛彻心扉的人，你曾以为那会是一生的不忘，一世的不舍，可其实数年之后，那不过只是一个名字。你怀念的，放不下的，只是段时光里的自己，只是那段相爱时的感觉。

这个世上，谁失去了谁，其实都会一如既往地生活下去。

你虽然不会再遇见一个和过去一样的人，却一定能遇见一样的感觉，一种更心动、更安稳，更让你愿意守候与相信的感觉，还有一个更美好的自己。

人的生命是一个持续的过程，不会因为一时的中断而停下。不会因为一次离别、一次伤害、一次跌倒而终止。我们每个人，仔细想想，其实都是越活越好的，而你也是越来越成熟、越来越坚强、越来越温柔、越来越美好，你没有理由不对未来抱有希望。

既然曾经的你可以遇见一个让你愿意托付终身的人，那么未来的你一定会遇见一个愿意许你一世繁华的人。

有时候，人要有告别的勇气，才会有幸福的可能。

有时候，只有有勇气彻底结束过去的人才能够拥有更好的未来。

面对过去的那个人，将来终会有一天，你会抛开浓妆与靓丽的衣服，简简单单去见那个曾让你撕心裂肺的人。而你的心不再起任何波澜，不再期许，也不再怨恨，只是像老朋友那般坐下来，微笑着聊聊天。没有暧昧的情愫，不再细数过往的对错，你从未那般真切的希望与庆幸过，这个人已不再属于你。

你会礼貌地说再见，没有不舍，没有回头，坦然地化解了积攒了那么久的委屈与放不下。

错过的不怨，爱过的不恨，曾经的一切，你终于可以一笔置之。

你勇敢地向前走,安宁地去生活,不再对谁隐瞒,不再因为谁而否认。曾经的你确实深深爱过,后来的你终于让这一切过去,诚实且坦然。

有一天,你再想起他时不是沉默或哽咽,而是微笑淡然的讲述,那便是你在他那里得到的最好的成长。

如果可以,就去拔出身体里的那把刀吧。如果还是做不到,祝你能够与你生命里的那把刀长久地生活下去,想想,这何尝不也是一种幸福呢。